LES P
DU M

Joël Pomerleau

1-59736

ÉDITIONS
ULYSSE

Le plaisir... de mieux voyager

Direction de collection Claude Morneau	*Cartographie* André Duchesne *Assistant* Steve Rioux	*Collaboration* Virginie Bonneau
Direction de projet Pascale Couture		*Direction artistique* Patrick Farei Atoll Direction
Recherche et *rédaction* Joël Pomerleau	*Mise en pages* Stéphane G. Marceau Christian Roy	*Photographie* Camerique Perkin's Cove
Correction Pierre Daveluy	*Illustrations* Marie-Anik Viatour	

Remerciements : Carol Arena; Nancy Marshall (Maine Visitor's Bureau); Brigitte Thériault; Isabelle Lalonde et l'équipe de Hors Champ. Les Éditions Ulysse remercient également la SODEC ainsi que le Ministère du Patrimoine canadien pour leur soutien financier.

Distribution

Distribution Ulysse
4176, rue St-Denis
Montréal, Québec
H2W 2M5
☎ (514) 843-9882,
poste 2232
Fax : 514-843-9448
http://www.ulysse.ca

France :
Vilo
25, rue Ginoux
75737 Paris
CEDEX 15
☎ 1 45 77 08 05
Fax : 1 45 79 97 15

Belgique -
Luxembourg :
Vander
321 Av. des Volontaires
B-1150 Bruxelles
☎ (02) 762 98 04
Fax : (02) 762 06 62

Italie :
Edizioni Del Riccio
50143 Firenze
Via di Soffiano 164/A
☎ (055) 71 63 50
Fax : (055) 71 63 50

Espagne :
Altaïr
Balmes 69
E-08007 Barcelona
☎ (3) 323-3062
Fax : (3) 451-2559

Suisse :
Diffusion Payot SA
p.a. OLF S.A.
Case postale 1061
CH-1701 Fribourg
☎ (26) 467 51 11
Fax : (26) 467 54 66

Tout autre pays, contactez Distribution Ulysse (Montréal),
fax : (514) 843-9448.

Données de catalogage avant publication (Canada)
Pomerleau, Joël, 1974 -
    Plages du Maine
    (Ulysse Plein Sud) Comprend un index.
ISBN 2-89464-110-9
1. Maine - Guides. I. Titre II. Collection
F13.3.P65   1997   917.4104'43   C97-940019-8

 IMPRIMÉ AU CANADA

«Il y a des jours où la mer vous énerve, vous épuise, si vous avez le malheur de vouloir comprendre ses mouvements et sa destination, alors que d'autres fois elle n'est qu'une rumeur régulière sous l'infinie diversité de ses bruits mous, elle n'est que le contre-chant de votre rêverie»

Noël Audet
L'Ombre de l'épervier

SOMMAIRE

LISTE DES CARTES

TABLEAU DES SYMBOLES

≡	Air conditionné
⊛	Baignoire à remous
⊙	Centre de conditionnement physique
ℂ	Cuisinette
pdj	Petit déjeuner inclus
≈	Piscine
ℝ	Réfrigérateur
ℜ	Restaurant
bc	Salle de bain commune
bp	Salle de bain privée (installations sanitaires complètes dans la chambre)
⌂	Sauna
↹	Télécopieur
☎	Téléphone
tlj	Tous les jours

CLASSIFICATION DES ATTRAITS

★	Intéressant
★★	Vaut le détour
★★★	À ne pas manquer

CLASSIFICATION DES HÔTELS

Les tarifs mentionnés dans ce guide s'appliquent, sauf indication contraire, à une chambre pour deux personnes, en haute saison.

CLASSIFICATION DES RESTAURANTS

Les tarifs mentionnés dans ce guide s'appliquent, sauf indication contraire, à un repas pour une personne, excluant le service et les boissons.

$	moins de 8 $
$$	de 8 $ à 16 $
$$$	de 16 $ à 24 $
$$$$	plus de 24 $

Tous les prix mentionnés dans ce guide sont en dollars américains.

Baie
d'Hudson

C A N A D A

MAINE

ÉTATS-UNIS

Océan
Pacifique

Océan
Atlantique

MEXIQUE

**Situation
géographique
dans le monde**

Le Maine
Capitale : Augusta
Monnaie : dollar américain
Population : 1 227 928 hab.

CANADA

Maine

ÉTATS-UNIS

équateur

ULYSSE

PORTRAIT

L a côte du Maine figure à la fois parmi les destinations les plus populaires et les plus méconnues. On l'a surnommée la Côte d'Azur des Québécois, tant ils sont nombreux à s'y rendre chaque été à la recherche d'un petit coin de mer. Et c'est généralement là que s'arrête la réflexion sur la nature de la côte du Maine : un bout de plage pour les citadins du nord-est de l'Amérique. Mais que dire de la surprenante beauté du paysage caché de cette destination? Que l'on pense au son des vagues venues battre la côte à marée haute, ou à cette brise fraîche d'une matinée automnale. Et que dire de ses magnifiques plages de sable fin, marquant à peine une distinction lumineuse entre la mer et le ciel?

Enfin, ce guide se donne pour mission de vous faire découvrir les petits hameaux oubliés et, au bout d'une petite route côtière, un parc qui vaut le détour. La côte du Maine, si elle est explorée, recèle une multitude de trésors bercés par les vagues et marqués par l'air marin parfumé de sel.

GÉOGRAPHIE

Le Maine est délimité au nord-ouest par le Québec et au nord-est par le Nouveau-Brunswick. Il est bordé par le New Hampshire au sud-ouest et battu par l'océan Atlantique au sud-est.

L'État couvre une superficie de 86 156 km². Augusta en est la capitale, bien que Portland soit la plus grande ville. Enfin, Bangor constitue la troisième ville en importance de l'État.

On y dénombre quatre régions géographiques distinctes : la région côtière, les piémonts, les montagnes et les hautes terres. Cet État, comme la majeure partie du Canada et du nord des États-Unis, a été formé par un glacier qui recouvrait la région il y a plus d'un million d'années. À son point culminant, celui-ci a atteint une épaisseur de près de 1,5 km. Le glacier commença à se retirer il y a de cela près 18 000 ans, laissant derrière lui un territoire de 6 000 lacs et étangs, et de 51 500 km de rivières, avec ici et là des amas de sable ou de pierres. La région côtière du Maine est une bande de terre large d'à peine 25 km et longue de plus de 5 565 km.

La côte atlantique du Maine, avec ses centaines de kilomètres de plages de sable fin, n'est pas un mythe. Bien qu'elle offre l'indéniable beauté de ses forêts, il n'en demeure pas moins que ce sont les plages qui attirent les visiteurs. Cette «Côte d'Azur des Québécois», illuminée par les célèbres phares marins et jalonnée de petites baies de pêcheurs, continue d'attirer l'attention et de fasciner les voyageurs.

L'origine du mot «Maine» n'est pas claire. Certains affirment qu'il provient de l'appellation donnée au continent par les marins, c'est-à-dire *mainland*. Cependant, d'autres croient que ce sont plutôt des colons français qui l'auraient retenu en mémoire de la province française du même nom.

FLORE

Comme le Maine est recouvert de forêts à plus de 80 %, on se doute de l'importance de cette ressource dans l'économie locale. On y trouve, en majeure partie, des essences résineuses telles que l'épinette rouge, l'épinette blanche, le sapin, le sapin du Canada (*hemlock*) et le pin blanc. Quelques essences feuillues ont aussi été répertoriées dans la région, par exemple le hêtre, le bouleau, l'érable rouge, l'érable à sucre et le chêne clair.

FAUNE

Le troupeau de cerfs de Virginie y est toujours aussi important, malgré les chasseurs qui en tuent près de 30 000 chaque année. On retrouve également dans la région l'orignal (élan d'Amérique), le lynx du Canada, l'ours noir, le castor, le rat musqué, le raton laveur, la mouffette, le renard roux, le lièvre ainsi que différentes espèces de rongeurs. Les lacs et les rivières regorgent de truites et de saumons, alors que la côte atlantique est l'habitat de phoques, de baleines ainsi que de toute une colonie de crustacés, dont fait notamment partie le fameux homard du Maine.

UN PEU D'HISTOIRE

Les premiers habitants du continent américain sont issus des migrations asiatiques. En effet, la plupart des historiens s'entendent pour dire que les Amérindiens sont originaires de Mongolie et auraient traversé le détroit de Béring il y a plus de 25 000 ans, alors que celui-ci était une langue de terre reliant l'Asie et l'Amérique. Sur le territoire du Maine, plusieurs fouilles et études archéologiques attestent une présence humaine datant de l'ère paléolithique. Ces habitants, appelés «Red Paint People» (le peuple à la peinture rouge) en raison de la présence d'ocre rouge dans leurs tombes, auraient disparu longtemps avant l'arrivée des Abénaquis.

Les Abénaquis, issus de la nation algonquine, comptaient environ 35 000 personnes réparties en une vingtaine de tribus. Ils occupaient la région du Maine, du New Hampshire, du Vermont ainsi qu'une partie du Canada. Ils passaient leurs hivers en forêt et leurs étés sur la côte, où ils pêchaient des crustacés. Les Abénaquis ont entretenu des rapports harmonieux avec les premiers colons britanniques. Cependant, le début du XVIIᵉ siècle marqua, pour plusieurs nations amérindiennes, une période tragique. D'abord, une guerre avec la nation voisine, les Tarrantines, en 1614 et en 1615, puis une épidémie de variole en 1617 tuèrent un grand nombre d'Abénaquis. De plus, la France établit des liens très étroits avec les Amérindiens, ce qui rendit les contacts subséquents entre les Abénaquis et les colons britanniques plutôt houleux.

Les Vikings furent les premiers Européens à fouler le sol américain vers l'an 1000. Alors qu'il était en route pour aller christianiser le Groenland, Leif Ericsson fut surpris par des vents contraires et aboutit dans une région où la vigne et le blé poussaient naturellement. Il nomma cette terre «Vinland». Intéressé par les récits d'Ericsson, Throfin Karlsefni mit les voiles sur le nouveau pays. Comme promis, il trouva une terre fertile et riche. Les premières relations avec les Amérindiens se firent à travers le troc de fourrures et d'étoffes. Mais, au premier affrontement, les Vikings furent déroutés et repartirent aussitôt. Bien qu'un grand nombre de récits racontent ces aventures vikings, il est actuellement impossible de trouver l'emplacement exact de «Vinland». Comme il n'y a aucune trace des Vikings dans la tradition orale amérindienne et que personne ne peut identifier les «nains» (*shrellings*) dont font allusion les récits vikings, plusieurs historiens doutent de la présence viking au-delà de la Nouvelle-Écosse.

Cependant, tous s'entendent sur la présence de Giovanni de Verrazano en 1524. À partir de ce moment, les pêcheurs anglais et français ont commencé à naviguer dans le golfe du Maine. Un peu plus tard, certains d'entre eux passèrent l'hiver sur les rives dans le but de pêcher plus longtemps. Les premières tentatives d'établir un village permanent remontent à 1604 pour les Français et à 1607 pour les Anglais, les deux ayant échoué. Plusieurs autres tentatives moins formelles ont avorté; finalement en 1630, un groupe réussit à s'établir sur les îles Monhegan et Damariscove.

Sir Ferdinando Gorges, alors président du Conseil de la Nouvelle-Angleterre, fut le premier à acquérir les terres du Maine. Ce dernier et le capitaine John Mason se divisèrent le territoire entre les rivières Merrimack et Kennebec, exactement à la rivière Piscataqua. Gorges fonda alors la «Province of Mayne». Il consacra le reste de sa vie à tenter, en vain, de gouverner le territoire en le divisant à la manière féodale. Peu de temps après sa mort en 1647, le gouvernement de la Massachusetts Bay Colony obtint le consentement des petits villages côtiers et annexa le Maine. Le Massachusetts acheta ensuite les titres du Maine aux héritiers de Gorges en 1677, et l'annexion fut officialisée dans la charte provinciale du Massachusetts en 1691.

Durant cette période, le Maine était habité ici et là, et demeurait une région à conquérir, déchirée par des guerres incessantes entre les Britanniques et la coalition franco-amérindienne. Les 100 premières années du Maine colonisé ont été marquées par une économie basée uniquement sur la pêche, le troc et l'exploitation des ressources forestières. Vers les années 1730, le centre d'approvisionnement en bois de pin pour la Grande-Bretagne fut déménagé de Portsmouth, au New Hampshire, vers Falmouth (Portland), dans le Maine. À la même époque, on inaugura le premier chantier de construction naval à Falmouth ainsi que les premiers villages à l'intérieur des terres.

L'hégémonie britannique en Nouvelle-Angleterre fut menacée à partir des années 1770. Dans le Maine plus particulièrement, le sentiment révolutionnaire prit un essor considérable à la suite de la décision de Londres de rendre Louisbourg aux Français, après qu'une expédition yankee eut conquis l'important poste français en 1745. De plus, plusieurs conflits, souvent violents, ont opposé les bûcherons aux autorités britanniques, qui devaient faire respecter les lois royales forestières. De ces deux situations combinées, résulta une forte opposition à la Couronne. En juin 1775, les habitants de la ville de Machias ont réussi à capturer le bataillon britannique de *Margaretta* au cours du premier affrontement maritime de la guerre d'Indépendance. Pour répondre à cet affront, en octobre 1775, un escadron naval britannique brûla le port de Falmouth, détruisant ainsi près des trois quarts de la ville. Cette riposte vint raffermir le désir d'indépendance des 13 colonies.

À l'automne 1775, le colonel Benedict Arnold partit à la tête d'une expédition remontant la rivière Kennebec vers le Québec. En même temps, un autre groupe remontait le lac Champlain, puis le fleuve Saint-Laurent en direction de Montréal. Le but de ces deux expéditions parallèles était de chasser les Anglais du Québec et de faire entrer les Français et les Amérindiens dans la guerre d'Indépendance américaine. Ils abandonnèrent le siège à l'été 1776, l'expédition ayant été un échec. Le second événement marquant de l'histoire du Maine dans le cadre de la guerre d'Indépendance fut également un coup raté notoire. Un bataillon naval dirigé par le commandant Richard Saltonstall, au courant de l'été 1779, essaya de déloger les forces anglaises à Castine, sur la côte est de la baie de Penobscot. Les Britanniques ont tenu le coup, et c'est en août qu'un autre escadron anglais est venu battre les Américains.

Le désir du Maine de devenir un État indépendant datait déjà de 1785, mais il fallut attendre la guerre de 1812 pour voir naître une pression populaire réelle. William King réunit enfin, après plusieurs essais, une vaste majorité en faveur de l'indépendance lors d'un référendum en 1819. L'entrée du Maine dans l'Union américaine fut cependant entachée par les pressions sudistes visant à maintenir l'équilibre entre les États esclavagistes et les États libres. Ils finirent par trouver un terrain d'entente en assurant un nombre égal d'États sudistes et nordistes. C'est ainsi que l'admission du Maine à l'Union américaine en tant qu'État libre fut parallèle à celle du Missouri comme État esclavagiste en 1820, et que William King s'est vu attribuer le premier titre de gouverneur de l'État du Maine.

Les premières années d'indépendance furent très prospères. En effet, le Maine profitait d'un boom économique ayant débuté peu après la guerre d'Indépendance. Une immigration massive en provenance du Massachusetts et du New Hampshire, le regain de vie de l'industrie navale après l'embargo de 1807, la croissance ahurissante de l'industrie forestière et enfin le développement de l'agriculture ont tous contribué à assurer un avenir rempli d'espoir.

Les années 1830 ont failli voir un sérieux conflit éclater quant à la définition de la frontière avec le Nouveau-Brunswick, mais celui-ci a été évité grâce au traité de Webster-Ashburton en 1842. Durant la même période, Neil Dow, originaire de Portland, réussit à faire ratifier une loi prohibitionniste dans le Maine. Elle constitue la première loi du genre dans les pays occidentaux. La cause antiesclavagiste a aussi trouvé des sympathisants dans le Maine. C'est avec cette optique libératrice que Harriet Beecher Stowe, originaire de la ville de Brunswick, écrivit en 1851 *Uncle Tom's Cabin.* Cette dernière sera d'ailleurs qualifiée par Abraham Lincoln lui-même de *«Little lady who made a big war»* (la petite dame qui provoqua une grande guerre).

L'industrialisation du Maine débuta avec des usines de textiles et de souliers entre les années 1830 et 1860. Après la guerre de Sécession, une grande révolution frappa l'industrie du papier et fit du Maine l'un des plus importants producteurs de pâtes et papiers en Amérique. C'est pourquoi, aujourd'hui, quelques gigantesques compagnies possèdent la moitié des terres forestières du Maine. Cette période coïncide également avec l'arrivée massive d'immigrants canadiens-français dans les États de la Nouvelle-Angleterre. Entre les années 1860 et 1930, on estime à près de 750 000 le nombre de Québécois ayant quitté leur pays pour aller tenter leur chance dans les usines américaines.

Le siècle aura été marqué par l'essor de l'industrie touristique. De riches vacanciers avaient déjà découvert Bar Harbor et Boothbay Island à la fin du XIXᵉ siècle, mais c'est à partir des années vingt que le Maine est devenu une destination populaire. Aujourd'hui, le tourisme constitue une industrie toujours grandissante. Enfin, la politique récente aura été marquée par les multiples différends opposant les défenseurs de l'économie et de l'environnement.

VIE POLITIQUE

La constitution de l'État du Maine, basée sur celle du Massachusetts, a été adoptée en 1819.

La législature bicamérale, constituée d'un sénat de 31 à 35 membres (selon le nombre de districts) et d'une chambre des communes de 151 membres, tient une session tous les deux ans pour élire un secrétaire d'État, un procureur général et un trésorier d'État. Tous les législateurs exercent un mandat de deux ans.

Le gouverneur de l'État, qui, quant à lui, sert un mandat de quatre ans, est le seul représentant élu à la grandeur de l'État par les citoyens âgés de 18 ans et plus. Il se voit limité à deux mandats consécutifs.

ÉCONOMIE

Avec un bassin forestier d'une telle ampleur, le Maine produit évidemment des pâtes et papiers. D'ailleurs, il possède la plus grande capacité à cet égard aux États-Unis. On retrouve également plusieurs entreprises se spécialisant dans les produits alimentaires, textiles et forestiers. De plus, les villes de Bath et de Kittery possèdent de vastes chantiers navals. L'agriculture fait aussi partie des facteurs économiques importants de la région. La culture de la pomme de terre ainsi que l'élevage de la volaille sont de loin les secteurs les plus actifs. On y fait aussi l'élevage du bétail, la production laitière et la pomoculture.

Le Maine bénéficiant d'une longue côte sur l'Atlantique, la pêche se hisse au troisième rang des actifs de son économie : le homard assure près de la moitié des revenus totaux bien qu'il ne compte que pour 10 % des prises totales. On retrouve ici et là quelques minerais non métalliques, comme le quartz, le graphite, l'amiante, la topaze ainsi que le granit, qui, pour sa part, a toujours été un minerai important, compte tenu de sa fréquente utilisation un peu partout à travers les États-Unis. Malgré tout, le secteur minier n'emploie que très peu de travailleurs. Enfin, le tourisme est évidemment un secteur privilégié du Maine. Grâce à de si belles plages, environ 6 % du produit brut de l'État est consacré au tourisme.

POPULATION

La population du Maine est constituée en majorité de yankees, c'est-à-dire des descendants de colons britanniques, écossais et irlandais. Ils sont parmi les Américains à être demeurés le plus fidèles aux valeurs, au langage et à la culture de la Nouvelle-Angleterre rurale. De loin la minorité la plus active, tant sur le plan culturel que politique, la population de descendance québécoise francophone représente 20 % de la population totale. Un très faible pourcentage de la population est noire (moins d'un tiers de 1 %). Les représentants des premières nations comptent une population de près de 5 000 personnes.

La majorité de la population est protestante, baptiste, congrégationnelle, méthodiste, épiscopale ou universaliste. La religion catholique romaine dessert près de 30 % de la population, alors que le nombre de juifs et de catholiques orthodoxes demeure limité.

ARTS VISUELS

La tradition artistique du Maine n'est certes pas la plus vieille des États-Unis. Comme la colonisation de l'État a eu lieu tout de même assez tard, peu d'artistes s'y étaient établis. Au tout début, les membres de la haute bourgeoisie firent appel aux peintres renommés de Boston et de New York pour immortaliser leur famille selon la mode britannique. Parallèlement, un art décoratif populaire se développait dans la région. On y retrouvait donc murales, toiles et paysages, souvent signés par les Orison Wood, Rufus Porter, John Brewster, Jonathan Fisher et Suzan Pains. Ces artistes se rendaient jusque dans les campagnes pour immortaliser la région; il faut noter que, au XVIIIe siècle, le transport à l'intérieur des terres était une aventure en soi, ce qui ajoute à leur mérite.

Le XIXe siècle fut marqué par la présence de quelques sculpteurs de renom, notamment Paul Akers et Edward Augustus Bracket. On y a également assisté à l'émergence de plusieurs peintres venant s'inspirer de la beauté de la côte atlantique. De plus, quelques artistes locaux se sont distingués sur la scène régionale. Cependant, ces scènes d'art régional ont été grandement atténuées par l'industrialisation qui a marqué l'histoire de la fin du XIXe siècle. Ce moyen de production massif élimina plusieurs formes d'artisanat, qui reflétaient la culture locale, au profit d'une standardisation de la production. Cependant, cette nouvelle technologie força les artistes à se spécialiser, et c'est ainsi que plusieurs peintres furent reconnus. Entre autres, Anna Elizabeth Hardy s'illustra en tant que spécialiste des natures mortes.

Le début du XXe siècle vit arriver dans la région des peintres influencés par les courants impressionnistes français. Parmi les plus remarqués, notons Childe Hasam, qui passa plusieurs étés dans les îles au large de Kittery à étudier la forme, la lumière et la couleur. Plusieurs autres impressionnistes vinrent également peindre sur la côte du Maine. La tradition portraitiste se poursuivit, mais cette fois à travers les couleurs d'artistes locaux qui immortalisaient la vie quotidienne des habitants du Maine. Avec l'émergence de mouvements européens éclatés, comme les cubistes ou les expressionnistes, plusieurs artistes américains se rendirent en France étudier avec les maîtres. Certains sont revenus sur la côte du Maine, mais celle-ci n'a guère su les garder bien longtemps.

Depuis le milieu du XXe siècle, le Maine a vu grandir plusieurs formes d'arts visuels de toutes origines. Malgré les tendances cubistes et abstraites à la mode dans les années trente et quarante, plusieurs artistes sont restés fidèles aux différentes traditions picturales de la région. Aujourd'hui, comme partout ailleurs, le Maine abrite des peintres, des sculpteurs et des artistes de tout acabit, s'assurant ainsi une place grandissante dans l'histoire de l'art américain.

LITTÉRATURE

Trois personnages ont profondément marqué le paysage littéraire et culturel du Maine : Harriet Beecher Stowe, Henry Wadsworth Longfellow et Kenneth Roberts. La première, Mme Stowe, est celle qui s'est vu attribuer le surnom de «petite dame qui provoqua une grande guerre» (*little lady who made a big war*) par Abraham Lincoln. La loi de 1850, qui obligeait à dénoncer les esclaves en fuite, lui inspira un feuilleton publié en 1851 dans *The National Era, Uncle Tom's Cabin*. Cette série suscita une grande controverse qui influa sur la guerre de Sécession américaine. Cet ouvrage s'est vu traduit en 32 langues et mérita également une adaptation théâtrale. Le succès de Harriet Beecher Stowe vient surtout du débat qu'elle suscita. Mais avec le temps, son œuvre devint, pour les communautés afro-américaines, le symbole du paternalisme colonialiste.

Sans aucun doute un homme fascinant, Kenneth Roberts est l'auteur des romans *Arundel*, *Rabble in Arms*, *Northwest Passage* et *Oliver Wiswell*. Né à Kennebunk, il s'inspira de l'histoire locale afin de construire une fiction riche et surtout populaire. D'abord journaliste, Roberts se tourna vers le roman grâce à un ami écrivain, Booth Tarkinton. Ce dernier étant presque aveugle, Roberts lui faisait la lecture à voie haute, et les deux amis peaufinaient par la suite les personnages et l'histoire ensemble. *Arundel* et les trois romans qui ont suivi constituent l'ensemble des *Chronicles of Arundel*, une suite historique où Roberts retrace le passé de ses ancêtres, de leur arrivée en Amérique jusqu'à la guerre d'Indépendance. Enfin, c'est en l'honneur de l'auteur que la ville de North Kennebunk a été rebaptisée «Arundel».

En plus de son talent d'auteur, Roberts était tout un personnage. Il abhorrait avec passion tous les bruits de la vie moderne, et sa maison de Kennebunk Beach ne le protégeait pas assez de ses fans. La liste de ce qu'il tenait en aversion profonde comprenait les tondeuses à gazon, les golfeurs, les cris des enfants, le téléphone, les avions (on dit même qu'il est déjà sorti de chez lui pour tirer sur un avion avec son fusil de chasse). Le succès commercial de ses dernières œuvres lui a heureusement permis de se bâtir une retraite plus fermée. Enfin, il est le premier responsable de l'interdiction de l'affichage de panneaux publicitaires le long des autoroutes du Maine. C'est à se demander ce qu'il penserait du dicton du Maine : «Vacationland».

Henry Wadsworth Longfellow, une autre figure de proue de la tradition littéraire américaine, était originaire de Portland. Il étudia les langues étrangères au Bowdoin College, puis partit visiter l'Europe, contribuant à son retour à populariser la culture européenne en Amérique. De ses voyages, il tire quelques romans dont *Outre-Mer* (1835). Il devint le premier poète américain à vivre de sa poésie. Son œuvre est marquée par la morale et par la présence de héros américains. Il fut d'ailleurs l'un des auteurs les plus «officiels» de son pays.

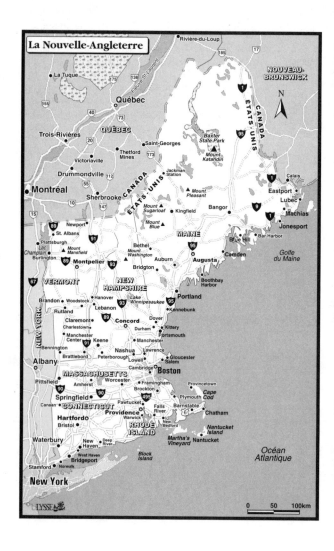

La Nouvelle-Angleterre

RENSEIGNEMENTS GÉNÉRAUX

 e présent chapitre a pour but d'aider les voyageurs à mieux planifier leur séjour sur la côte du Maine.

FORMALITÉS D'ENTRÉE

Pour entrer aux États-Unis, les Québécois et les Canadiens n'ont pas besoin de visa. Il en va de même pour la plupart des citoyens des pays de l'Europe de l'Ouest. En effet, seul un passeport valide suffit, et aucun visa n'est requis pour un séjour de moins de trois mois. Un billet de retour ainsi qu'une preuve de fonds suffisants pour couvrir le séjour peuvent être demandés. Pour un séjour de plus de trois mois, tout voyageur autre que québécois ou canadien sera tenu d'obtenir un visa (120 $US) à l'ambassade des États-Unis de son pays.

Précaution : Les soins hospitaliers étant extrêmement élevés aux États-Unis, il est conseillé de se munir d'une bonne assurance-maladie. Pour plus de renseignements, voir la section «La santé» (voir p 32).

Douane

Les étrangers peuvent entrer aux États-Unis avec 200 ciga-
rettes (ou 100 cigares) et des achats en franchise de douane
(*duty-free*) d'une valeur de 400 $US, incluant cadeaux person-
nels et un litre d'alcool (vous devez être âgé d'au moins 21 ans
pour avoir droit à l'alcool). Vous n'êtes soumis à aucune limite
en ce qui a trait au montant des devises avec lequel vous
voyagez, mais vous devrez remplir un formulaire spécial si vous
transportez l'équivalent de plus de 10 000 $US. Les médica-
ments d'ordonnance devraient être placés dans des contenants
clairement identifiés à cet effet (il se peut que vous ayez à
produire une ordonnance ou une déclaration écrite de votre
médecin à l'intention des officiers de douane). La viande et ses
dérivés, les denrées alimentaires de toute nature, les graines,
les plantes, les fruits et les narcotiques ne peuvent être
introduits aux États-Unis.

Pour de plus amples renseignements, adressez-vous au :

United States Customs Service
1301, Constitution Avenue Northwest
Washington, DC 20229
☎ (202) 566-8195.

L'ENTRÉE AU PAYS

Par avion

Du Québec

Malgré qu'il soit pratiquement plus rapide d'utiliser la voiture
pour se rendre dans le Maine, il est possible de prendre un vol
régulier vers New York ou Boston, puis une navette en direction
de Portland.

De l'Europe

La plupart des grandes compagnies desservent New York et Boston sur une base régulière. De l'une des ces deux villes, vous devrez ensuite prendre une navette vers Portland.

Aéroports

Boston

Le **Logan International Airport** est situé à proximité du centre-ville de Boston. Il s'agit d'un aéroport moderne qui est desservi par une très grande quantité de compagnies aériennes. Dans toute la région (Nouvelle-Angleterre), il est le seul à recevoir des vols internationaux. Pour vous rendre au centre-ville de Boston, vous avez plusieurs choix : limousines, taxis et autobus vous emmèneront un peu partout dans la région métropolitaine. Vous pouvez également prendre le métro. Pour ce faire, vous devez monter à bord du **Massport Shuttle Bus,** qui vous conduit gratuitement à la station de métro la plus proche. Un passage pour le métro coûte 0,85 $US.

Portland

Le **Portland International Jetport** est le plus gros aéroport de la côte du Maine. Il est desservi par US Air, Continental Airlines, Delta Airlines et United Airlines. Toutes ces compagnies volent deux ou trois fois par jour sur Portland. Elles assurent également un service de navette reliant Portland à Boston et à New York. L'aéroport est situé à près de 15 min du centre-ville. Des services de taxi, de limousine et d'autobus assurent le transport vers le centre-ville. Pour toute information, ☎ 207-774-7301.

Par la route

Beaucoup de Québécois choisissent l'automobile comme moyen de transport pour gagner la côte du Maine. L'itinéraire classique, et le plus rapide, consiste à emprunter l'autoroute 10 Sud, puis la sortie 22 en direction de Saint-Jean-Sur-Richelieu. On rejoint ainsi la route 35, puis la route 133, qui devient l'Interstate 89 dans l'État du Vermont. Continuez sur la I-89 jusqu'à la sortie 1N I-93. Prenez ensuite la sortie 15E I-393 de l'autoroute I-93. Suivez ensuite l'autoroute 4 jusqu'à Portsmouth, d'où vous prendrez la I-95 Nord. Cette dernière longe toute la côte du Maine.

AMBASSADES ET CONSULATS DES ÉTATS-UNIS À L'ÉTRANGER

En Europe

France
Ambassade des États-Unis
2, avenue Gabriel
75382 Paris cedex 08
☎ 01-42-96-12-02
☎ 01-42-61-80-75
☎ 01-43-12-22-22
≈ 01-42-66-97-83

Consulat des États-Unis
22, cours du Maréchal Foch
33080 Bordeaux cedex
☎ 05-56-52-65-95
≈ 05-56-51-60-42

Consulat des États-Unis
12, boulevard Paul-Peytral
13286 Marseille cedex
☎ 04-91-54-92-00
≈ 04-91-55-09-47

Consulat des États-Unis
15, avenue d'Alsace
67082 Strasbourg cedex
☎ 03-88-35-31-04
≈ 03-88-24-06-95

Belgique
Ambassade des États-Unis
27, boulevard du Régent
B-1000 Bruxelles
☎ (2) 513-3830
≈ (2) 511-2725

Luxembourg
Ambassade des États-Unis
22, boulevard Emmanuel-Servais
2535 Luxembourg
☎ (352) 46-01-23
≈ (352) 46-14-01

Suisse
Ambassade des États-Unis
93, Jubilaum strasse
3000 Berne
☎ 31-43-70-11

Italie
Ambassade des États-unis
Via Vittorio Vérito
11917-121 Roma
☎ 467-41
≈ 610-450

Espagne
Ambassade des États-Unis
Serano 75
28001 Madrid
☎ (1) 577-4000
⇋ 564-1652
Telex (1) 277-63

Au Québec

Consulat des États-Unis
Place Félix-Martin
1155, rue Saint-Alexandre
Montréal H2Z 1Z2
☎ (514) 398-9695

CONSULATS ÉTRANGERS
EN NOUVELLE-ANGLETERRE

Tous les consulats et les représentations diplomatiques sont situés à l'extérieur du Maine, soit à Boston ou à New York.

France
3 Commonwealth Ave.
Boston
MA 02116
☎ (617) 266-1680
⇋ (617) 437-1090

Belgique
300 Commercial Street,
bureau 29
Malden
MA 02148
☎ (617) 397-8566
⇋ (617) 397-6752

Suisse
665 5th Avenue
Rollex Building, 8th Floor
New York
NY 10022
☎ (212) 758-2560
⇋ (212) 207-8024

Italie
690 Park Avenue
New York
NY 10021
☎ (212) 737-9100
⇋ (212) 249-4945

Canada
3 Copeley Place, bureau 400
Boston
MA 02116
☎ (617) 262-3760
✇ (617) 262-3415

 RENSEIGNEMENTS TOURISTIQUES

Vous pouvez vous procurer de l'information directement auprès de l'office de tourisme du Maine ou des différentes chambres de commerce locales.

Maine Publicity Bureau
P.O. Box 2300
Hallowell
ME 04347
☎ (207) 623-0363
ou sans frais au
1-800-533-9595 (États-Unis seulement)
✇ (207) 623-0388

Kittery and Eliot Chamber of Comerce
191 State Road
Kittery
ME 03904
☎ 439-7545

York Chamber of Commerce
P.O. Box 417
York
ME 03909
☎ 363-4422

Ogunquit Chamber of Commerce
P.O. Box 2289
Ogunquit
ME 03907
☎ 646-2939 ou 646-5139

Wells Chamber of Commerce
P.O. Box 356
Wells
ME 04090
☎ 646-2451

Kennebunk-Kennebunkport Chamber of Commerce
173 Port Road
P.O. Box 740
Kennebunk
ME 04043
☎ 967-0857

Old Orchard Chamber of Commerce
P.O. Box 600
Old Orchard Beach
ME 04064
☎ 934-2500

The Convention and Visitors Bureau of Greater Portland
305 Commercial Street
Portland
ME 04101
☎ 772-5800

VOS DÉPLACEMENTS

Tableau des distances

Boston					
151	Kennebunk				
521	365	Montréal			
169	20	345	Old Orchard		
185	40	331	23	Portland	
135	11	390	29	49	Wells

Par voiture

Le bon état général des routes et l'essence moins chère qu'en Europe font de la voiture un moyen de transport idéal pour visiter la côte du Maine en toute liberté. Vous trouverez facilement de très bonnes cartes routières dans les librairies de voyage ou, une fois rendu sur place, dans les stations-service. En ce qui concerne la location de voitures, plusieurs agences exigent que leurs clients soient âgés d'au moins 25 ans et qu'ils soient en possession d'une carte de crédit reconnue.

Quelques conseils

Permis de conduire : en règle générale, les permis de conduire européens sont valables. Les visiteurs canadiens et québécois n'ont pas besoin de permis international, et leur permis de conduire est tout à fait valable aux États-Unis. Soyez averti que plusieurs États sont reliés par système informatique avec les services de police du Québec pour le contrôle des infractions routières. Une contravention émise aux États-Unis est automatiquement reportée au dossier au Québec.

Code de la route : attention, il n'y a pas de priorité à droite. Ce sont les panneaux de signalisation qui indiquent la priorité à chacune des intersections. Ces panneaux marqués «*Stop*» sur fond rouge sont à respecter scrupuleusement! Vous verrez fréquemment un genre de stop, au bas duquel figure un petit rectangle rouge dans lequel il est inscrit «*4-Way*». Cela signifie, bien entendu, que tout le monde doit marquer l'arrêt et qu'aucune voie n'est prioritaire. Il faut que vous marquiez l'arrêt complet, même s'il vous semble n'y avoir aucun danger apparent. Si deux voitures arrivent en même temps à l'un de ces arrêts, la règle de la priorité à droite prédomine. Dans les autres cas, la voiture arrivée la première passe.

Les feux de circulation se trouvent le plus souvent de l'autre côté de l'intersection. Faites attention où vous marquez l'arrêt.

Lorsqu'un autobus scolaire (de couleur jaune) est à l'arrêt (feux clignotants allumés), il est obligatoire de vous arrêter quelle que soit votre direction. Le manquement à cette règle est considéré comme une faute grave!

Le port de la ceinture de sécurité est obligatoire.

Les autoroutes sont gratuites, sauf en ce qui concerne la plupart des Interstates Highways, désignées par la lettre *I*, suivie d'un numéro. Les panneaux indicateurs se reconnaissent à leur forme presque arrondie (le haut du panneau est découpé de telle sorte qu'il fait deux vagues) et à leur couleur bleue. Sur ce fond bleu, le numéro de l'Interstate ainsi que le nom de l'État traversé sont inscrits en blanc. Au haut du panneau figure la mention «*Interstate*» sur fond rouge.

La vitesse est limitée à 55 mph (88 km/h) sur la plupart des grandes routes. Le panneau de signalisation de ces grandes routes se reconnaît à sa forme carrée, bordée de noir et dans lequel le numéro de la route est largement inscrit en noir sur fond blanc.

Sur les Interstates, la limite de vitesse monte à 65 mph (104 km/h).

Le panneau triangulaire rouge et blanc où vous pouvez lire la mention «*Yield*» signifie que vous devez ralentir et céder le passage aux véhicules qui croisent votre chemin.

La limite de vitesse vous sera annoncée par un panneau routier de forme carrée et de couleurs blanche et noire sur lequel est inscrit «*Speed Limit*», suivi de la vitesse limite autorisée.

Le paneau rond et jaune, barré d'une croix noire et de deux lettres *R*, indique un passage à niveau.

Postes d'essence : les États-Unis étant un pays producteur de pétrole, l'essence est nettement moins chère qu'en Europe, voire qu'au Québec et au Canada, en raison des taxes moins élevées.

Par autocar

Après la voiture, l'autocar constitue le meilleur moyen de locomotion. Bien organisés et peu chers, les autocars couvrent la majeure partie de la côte du Maine.

Pour obtenir les horaires et les destinations desservies, appelez la succursale locale de la compagnie Greyhound.

Les Canadiens et les Québécois peuvent faire leur réservation directement auprès de la compagnie Voyageur, laquelle, à Toronto (☎ 416-393-7911) et à Montréal (☎ 514-842-2281), représente la compagnie Greyhound. À partir de Montréal, il est possible de se rendre jusqu'à Portland via Burlington et Boston. Il s'agit évidemment d'un très long itinéraire, mais il peut s'avérer intéressant de combiner une visite de Boston avec celle de la côte du Maine.

Sur presque toutes les lignes, il est interdit de fumer. En général, les enfants de cinq ans et moins sont transportés gratuitement. Les personnes de 60 ans et plus ont droit à d'importantes réductions. Les animaux ne sont pas admis.

Par train

Il est actuellement impossible de se rendre dans le Maine en train. Cependant, Amtrak propose des liaisons avec différentes entreprises de transport par autobus à partir de Boston.

Par avion

Il s'agit bien sûr d'un moyen de transport plus coûteux; cependant, certaines compagnies aériennes (surtout régionales) proposent régulièrement des tarifs spéciaux (hors saison, courts séjours). Encore une fois, soyez un consommateur averti et comparez les offres. Pour connaître avec précision les diverses destinations desservies par les compagnies régionales, adressez-vous aux chambres de commerce ou aux offices de tourisme.

À vélo

Au royaume de l'automobile, il vaut mieux que le cycliste s'en tienne aux routes secondaires : la côte du Maine recèle suffisamment de jolis coins pour rester à l'écart des grands axes routiers.

LES ASSURANCES

Annulation

Cette assurance est normalement offerte par l'agent de voyages au moment de l'achat du billet d'avion ou du forfait. Elle permet le remboursement du billet ou forfait dans le cas où le voyage doit être annulé en raison d'une maladie grave ou d'un décès. Les gens n'ayant pas de problèmes de santé ont peu de chance d'avoir à recourir à une telle protection. Elle demeure par conséquent d'une utilité relative.

Vol

La plupart des assurances-habitation au Québec protègent une partie des biens contre le vol, même si celui-ci a lieu à l'étranger. Pour faire une réclamation, il faut avoir un rapport de police. Comme tout dépend des montants couverts par votre police d'assurance-habitation, il n'est pas toujours utile de prendre une assurance supplémentaire. Les visiteurs européens, pour leur part, doivent vérifier si leur police protège leurs biens à l'étranger, car ce n'est pas automatiquement le cas.

Vie

Plusieurs compagnies aériennes offrent une assurance-vie incluse dans le prix du billet d'avion. D'autre part, beaucoup de voyageurs disposent déjà d'une telle assurance; il n'est donc pas nécessaire de s'en procurer une supplémentaire.

Maladie

Sans doute la plus utile pour les voyageurs, l'assurance-maladie s'achète avant de partir en voyage. La couverture de cette police d'assurance doit être aussi complète que possible, car, à l'étranger, le coût des soins peut s'élever rapidement. Au moment de l'achat de la police, il faudrait veiller à ce qu'elle couvre bien les frais médicaux de tout ordre, comme l'hospitalisation, les services infirmiers et les honoraires des médecins (jusqu'à concurrence d'un montant assez élevé, car ils sont chers). Une clause de rapatriement, pour le cas où les soins requis ne peuvent être administrés sur place, est précieuse. En outre, il peut arriver que vous ayez à débourser le coût des soins en quittant la clinique. Il faut donc vérifier ce que prévoit la police en tel cas. Durant votre séjour, vous devriez toujours garder sur vous la preuve que vous avez contracté une assurance-maladie, ce qui vous évitera bien des ennuis si par malheur vous en avez besoin.

LA SANTÉ

Généralités

Pour les personnes en provenance d'Europe, du Québec et du Canada, aucun vaccin n'est nécessaire. D'autre part, il est vivement recommandé, en raison du prix élevé des soins, de souscrire à une bonne assurance maladie-accident. Il existe différentes formules, et nous vous conseillons de les comparer. Emportez vos médicaments, surtout ceux qui exigent une ordonnance. Sauf indication contraire, l'eau est potable partout sur la côte du Maine.

Méfiez-vous des fameux coups de soleil. Lorsque souffle le vent, il arrive fréquemment qu'on ne ressente pas les brûlures causées par le soleil. Comme la côte du Maine attire beaucoup de voyageurs pour la beauté de ses plages, n'oubliez pas votre crème solaire!

Sécurité

Malheureusement, la société américaine est relativement violente, mais rien ne sert de paniquer et de rester cloîtré dans sa chambre d'hôtel!

Un petit conseil : il est souvent préférable de s'enquérir, dès son arrivée, des quartiers qu'il vaut mieux s'abstenir de visiter à n'importe quelle heure du jour et de la nuit. En prenant les précautions courantes, il n'y a pas lieu d'être inquiet outre mesure pour sa sécurité. Si toutefois la malchance était avec vous, n'oubliez pas que le numéro de secours est le 911, ou le 0 en passant par le téléphoniste.

LES SERVICES FINANCIERS

La monnaie

L'unité monétaire est le dollar ($US), lui-même divisé en cents.
Un dollar = 100 cents.

Il existe des billets de banque de 1, 5, 10, 20, 50 et 100 dollars, ainsi que des pièces de 1 (*penny*), 5 (*nickel*), 10 (*dime*) et 25 (*quarter*) cents.

Les pièces d'un demi-dollar et le dollar solide sont très rarement utilisés. Sachez qu'aucun achat ou service ne peut être payé en devises étrangères aux États-Unis. Songez donc à vous procurer des chèques de voyage en dollars américains. Vous pouvez également utiliser toute carte de crédit affiliée à une institution américaine, comme Visa, MasterCard, American Express, la Carte Bleue, Interbank et Barclay Card. Il est à noter que tous les prix mentionnés dans le présent ouvrage le sont en dollars américains.

Banques

Les banques sont ouvertes du lundi au vendredi, de 9 h à 15 h.

Il existe de nombreuses banques, et la plupart des services courants sont rendus aux touristes. Pour ceux qui ont choisi un long séjour, notez qu'un **non-résident** ne peut ouvrir un compte bancaire courant. Pour avoir de l'argent liquide, la meilleure solution demeure encore d'être en possession de chèques de voyage. Le retrait de votre compte à l'étranger constitue une solution coûteuse, car les frais de commission sont élevés. Par contre, plusieurs guichets automatiques accepteront votre carte de banque européenne, canadienne ou québécoise, et vous pourrez alors faire un retrait de votre compte directement. Les mandats-poste ont l'avantage de ne pas comporter de commission, mais l'inconvénient de prendre plus de temps à transiger. Les personnes qui ont obtenu le statut de résident, permanent ou non (immigrants, étudiants), peuvent ouvrir un compte de banque. Il leur suffira, pour ce faire, de montrer leur passeport ainsi qu'une preuve de leur statut de résident.

Change

La plupart des banques changent facilement les devises européennes et canadiennes, mais presque toutes demandent des **frais de change**. En outre, vous pouvez vous adresser à des bureaux ou comptoirs de change qui, en général, n'exigent aucune commission. Ces bureaux ont souvent des heures d'ouverture plus longues. La règle à retenir : **se renseigner et comparer.**

Taux de change

Taux de change				
1 $CAN	=	0,73 $US	1 $US =	1,37 $CAN
1 FF	=	0,17 $US	1 $US =	5,88 FF
1 FS	=	0,82 $US	1 $US =	1,22 FS
10 FB	=	0,31 $US	1 $US =	32,25 FB
100 PTA	=	0,70 $US	1 $US =	142,85 PTA
1 000 LIT	=	0,65 $US	1 $US =	1 538,46 LIT

HORAIRES ET JOURS FÉRIÉS

Horaires

Bureaux de poste

Les bureaux de poste sont ouverts du lundi au vendredi, de 8 h à 17 h 30 (parfois jusqu'à 18 h), et le samedi, de 8 h à 12 h.

Magasins

Les magasins sont généralement ouverts du lundi au samedi, de 9 h 30 à 17 h 30 (parfois jusqu'à 18 h). Les supermarchés ferment en revanche plus tard ou restent même, dans certains cas, ouverts 24 heures par jour, sept jours par semaine. Vous trouverez également des magasins d'usines *(factory outlets)* qui sont ouvert 24 heures par jour, 365 jours par année. Ces derniers sont indiqués dans le chapitre «Magasinage» de ce guide.

Jours fériés

Voici la liste des jours fériés aux États-Unis. À noter que la plupart des magasins, services administratifs et banques sont fermés pendant ces jours.

Jour de l'An : 1er janvier

Journée de Martin Luther King : troisième lundi de janvier

Anniversaire de Lincoln : 12 février

Anniversaire de Washington (President's Day) : troisième lundi de février

Jour des morts au champ d'honneur (Memorial Day) : dernier lundi de mai

Jour de l'Indépendance : 4 juillet (fête nationale des États-Unis)

Fête du Travail (Labor Day) : premier lundi de septembre

Journée de Colombus Day (Columbus Day) : deuxième lundi d'octobre

Journée des Vétérans et de l'Armistice : 11 novembre

Action de grâces (Thanksgiving Day) : quatrième jeudi de novembre

Noël : 25 décembre

HÉBERGEMENT

C'est à partir de la Nouvelle-Angleterre que la formule d'hébergement *Bed & Breakfast* s'est développée en Amérique, et la côte du Maine est parsemée de maisons de ferme historiques et de maisons de capitaine au long cours reconverties en *Bed & Breakfast*. Il s'agit souvent de résidences sans architecture particulière mais douillettes et confortables, avec foyer, bibliothèque et parfois même un chat faisant partie des meubles. Les agences spécialisées dans ce type d'hébergement, surtout en région urbaine, vous fourniront également la liste des «maisons hôtes» disposant d'une chambre supplémentaire, ce qui revient à peu près à la même chose qu'un *Bed & Breakfast*. Si vous avez l'intention de loger dans un *Bed & Breakfast*, soyez sûr de demander s'il s'agit d'une véritable auberge ou non.

Parmi les autres formules d'hébergement disponibles, vous avez le choix entre les motels familiaux, les chaînes d'hôtels et les cottages rustiques en bordure de mer, où vous vous réveillerez au son des vagues et aux cris des mouettes.

Quels que soient vos préférences et votre budget, vous devriez pouvoir trouver ce qui vous convient dans le chapitre «Hébergement» de ce guide. Rappelez-vous néanmoins que les chambres sont rares et que les prix montent en haute saison, c'est-à-dire en été.

Les grands hôtels proposent par ailleurs de nombreux forfaits de vacances et de fin de semaine, et les prix chutent considérablement hors saison, où un séjour d'une semaine ou d'un mois devient une véritable affaire.

Dans ce guide, les lieux d'hébergement sont répertoriés par ville et classés en fonction des coûts. Les prix donnés correspondent à ceux de la haute saison pour deux personnes; si vous désirez connaître les réductions applicables hors saison, vous devrez en faire la demande aux établissements concernés.

Le prix d'une nuitée dans un hôtel «petit budget» est généralement inférieur à 75 $US pour deux personnes; vous y trouverez une chambre tout à fait respectable et propre mais modeste. Le prix des hôtels de catégorie moyenne varie entre 75 $US et

110 \$US; leur niveau de confort dépend de leur emplacement, mais les chambres sont généralement plus grandes que dans la catégorie précédente, et les environs de l'hôtel plus attrayants. Dans les hôtels et stations de catégorie moyenne-élevée, attendez-vous à payer entre 110 \$ et 150 \$ US, toujours pour deux personnes; comme vous pouvez l'imaginer, vous y trouverez des chambres spacieuses, un hall meublé avec élégance, un ou deux restaurants et bien souvent quelques boutiques. Quant aux hôtels de catégorie supérieure, dont les prix dépassent 150 \$US, ce sont les plus prestigieux de la région; en plus de toutes les installations offertes par les établissements de grand luxe, vous y jouirez de nombreux avantages particuliers tels que bassin à remous, salle d'exercices, service aux chambres 24 heures par jour et repas gastronomiques.

Si vous rêvez d'une chambre avec vue sur la mer, assurez-vous d'en faire la demande expresse. Sachez par ailleurs que la mention *«oceanside»* (en bordure de la mer) ne signifie pas toujours «directement sur la plage». Si vous désirez faire des économies, essayez de trouver un établissement situé à une ou deux rues de l'océan; les prix y sont presque toujours inférieurs à ceux des chambres donnant directement sur l'eau, et les économies ainsi réalisées valent bien souvent la courte distance que vous aurez à parcourir pour vous rendre à la mer.

Louer une maison

Dans un guide comme celui-ci, il est logistiquement impossible de répertorier les maisons à louer. Cela dit, cette formule d'hébergement est très populaire dans la région. En ce qui a trait aux prix, ils varient selon la taille de la maison, son niveau de confort, sa situation géographique ainsi que la saison choisie. Afin d'obtenir des renseignements plus substantiels sur les différentes agences qui se spécialisent dans la location de maisons, contactez les chambres de commerce (voir p. 26), lesquelles seront en mesure de vous donner leurs coordonnées.

RESTAURANTS

De succulents plats de fruits de mer locaux sont en vedette dans mille et un restaurants de la côte du Maine, du homard en carapace à l'onctueuse «chaudrée» de palourdes en passant par les tendres pétoncles, la morue, les moules et les étuvées.

Outre les fruits de mer et la traditionnelle cuisine yankee, les restaurants de la côte du Maine servent également des mets ethniques de tous les horizons, mais aussi des repas gastronomiques et des repas minute. Quels que soient vos goûts et votre budget, vous trouverez donc le restaurant qu'il vous faut.

Dans le chapitre «Restaurants», les établissements sont répertoriés selon leur emplacement. Chaque inscription est suivie d'une description de la cuisine proposée et de l'ambiance des lieux, ainsi que d'une cote relative aux quatre catégories de prix utilisées dans ce guide. Au dîner, les plats principaux coûtent généralement 8 $US ou moins dans les restaurants «petit budget» (*$*); l'ambiance y est informelle et le service expéditif. Les établissements de catégorie moyenne (*$$*) servent des repas variant entre 8 $ et 16 $US; l'atmosphère y est désinvolte mais agréable, le menu plus varié et le service habituellement moins rapide. Dans les restaurants de catégorie moyenne-élevée (*$$$*), le plat principal s'élève à plus de 16 $US; la cuisine peut aussi bien y être simple qu'élaborée, mais le décor y est toujours plus somptueux et le service plus personnalisé. Les établissements de catégorie supérieure (*$$$$*) ne proposent quant à eux aucun plat principal en-deçà de 24 $US, et les gourmets s'y retrouvent volontiers; la cuisine y est (il faut l'espérer) un art raffiné, et le service devrait s'avérer irréprochable.

Certains restaurants ferment leurs portes pour l'hiver.

En ce qui concerne le petit déjeuner et le déjeuner, les prix varient moins d'un restaurant à l'autre. Même les établissements de catégorie moyenne-élevée proposent généralement des repas légers le matin et le midi à un prix d'à peine quelques dollars plus élevé que celui de leurs concurrents attentifs au budget de leurs clients. Ces repas plus modestes peuvent d'ailleurs très bien vous fournir l'occasion de faire l'essai des restaurants plus dispendieux.

Les tarifs mentionnés dans ce guide s'appliquent, sauf indication contraire, à un repas pour une personne, excluant le service et les boissons.

$	moins de 8 $US
$$	de 8 $ à 16 $US
$$$	de 16 $ à 24 $US
$$$$	plus de 24 $US

Pourboires

Ils s'appliquent pour tous les services rendus à table, c'est-à-dire dans les restaurants ou autres endroits où l'on vous sert à table. Ils sont aussi de rigueur dans les bars, les boîtes de nuit et les taxis. Selon la qualité du service rendu, il faut compter environ 15 % de pourboire sur le montant, avant les taxes.

 SORTIES

Bars et discothèques

Certains établissements exigent des droits d'entrée, particulièrement lorsqu'il y a un spectacle. Le pourboire n'y est pas obligatoire et est laissé à la discrétion de chacun; le cas échéant, on appréciera votre geste. Pour les consommations par contre, un pourboire entre 10 % et 15 % est de rigueur.

LES ENFANTS

La côte du Maine est un excellent endroit où voyager avec des enfants. En plus de nombreux musées adaptés pour eux, la région possède des centaines de plages et de parcs d'attractions, et plusieurs réserves naturelles organisent des activités à leur intention tout au long de l'année.

Un bon nombre de *Bed & Breakfasts* refusent cependant les enfants; il vaut donc mieux s'informer avant de faire ses réservations. Et si vous avez besoin d'un berceau ou d'un petit lit, soyez sûr d'en faire la demande à l'avance.

Si vous vous déplacez en voiture, prévoyez certaines nécessités de base, comme de l'eau et des jus, quelques casse-croûte et des jouets. Et donnez-vous toujours un peu plus de temps pour atteindre votre destination, surtout si vous devez emprunter des routes secondaires.

Les commerces ouverts la nuit sont plutôt rares en milieu rural; dans les petites localités, on ferme souvent tôt. Il se peut donc que vous ayez à couvrir de grandes distances entre les magasins susceptibles de répondre à vos besoins essentiels; c'est pourquoi, lors de vos déplacements, vous devez toujours avoir des provisions suffisantes de couches et d'aliments pour bébé, ou de tout autre article de consommation courante. En milieu urbain, cependant, vous trouverez plusieurs commerces ouverts 24 heures par jour tels que Store 24 et 7-11 (*Seven-Eleven*).

La **Travelers Aid Society of Boston, Inc.** *(711 Atlantic Avenue, Boston, MA 02111, ☎ 617-542-7286)*, qui a des comptoirs dans tous les terminus et aérogares importants, représente une ressource inestimable pour tout voyageur dans le besoin. Des volontaires peuvent même accueillir vos enfants lorsqu'ils voyagent seuls.

LES PERSONNES HANDICAPÉES

Les établissements de la côte du Maine ont fait des efforts considérables pour rendre les nombreux services et installations touristiques accessibles aux personnes handicapées. La plupart des sites offrent ainsi des espaces de stationnement spécialement aménagés, bien que peu d'autobus soient à ce jour équipés de plates-formes élévatrices à l'intention des fauteuils roulants.

L'organisme **New Horizons Travel for the Handicapped** *(P.O. Box 652, Belmont, MA 02178, ☎ 617-923-1176)* propose plus spécialement aux déficients mentaux et aux victimes de la paralysie cérébrale des visites de groupe avec escorte. **The Guided Tour** *(613 Cheltenham Avenue, Suite 200, Melrose*

Park, PA 19126, ☎ 215-782-1370) organise également des visites guidées pour handicapés, alors que, chez **Access Tours** *(P.O. Box 356, Malverne, NY 11565, ☎ 516-887-5798)*, on se spécialise dans les voyages pour handicapés de toute nature.

Pour obtenir des renseignements plus complets, adressez-vous aux organismes suivants : **Society for the Advancement of Travel for the Handicapped** *(26 Court Street, Brooklyn, NY 11242, ☎ 718-858-5483)*, **Travel Information Center** *(Moss Rehabilitation Hospital, 12th Street and Tabor Road, Philadelphia, PA 19141, ☎ 215-329-5715)*, **Mobility International USA** *(P.O. Box 3551, Eugene, OR 97403, ☎ 503-343-1284)* et **Flying Wheels Travel** *(P.O. Box 382, Owatonna, MN 55060, ☎ 800-535-6790)*.

Vous pouvez également obtenir des renseignements concernant les voyageurs handicapés auprès d'une organisation de réseau du nom de **Travelin' Talk** *(P.O. Box 3534, Clarksville, TN 37043, ☎ 615-552-6670)*.

L'Information Center for Individuals with Disabilities *(27-43 Wormwood Street, Boston, MA 02210, ☎ 617-727-5540)* oriente les personnes handicapées vers les sources de renseignements pertinentes, et leur offre un service destiné à résoudre les problèmes particuliers qu'elles sont susceptibles de rencontrer dans l'État du Massachusetts. Une liste d'hôtels, de restaurants et de sites historiques accessibles aux handicapés peut aussi être obtenue auprès de cet organisme.

La **Travelers Aid Society of Boston, Inc.** *(711 Atlantic Avenue, Boston, MA 02111, ☎ 617-542-7286)* dispose de volontaires pour accueillir les voyageurs handicapés, et elle publie deux brochures gratuites, respectivement intitulées *Cambridge Access* et *Boston Access*, conçues pour diriger les handicapés vers les sites et services qui leur sont accessibles en ces deux endroits.

DIVERS

Quand visiter les plages du Maine?

Le cœur de l'été (de juillet à la fête du Travail, célébrée le premier lundi de septembre) est très populaire. Vous auriez peut-être intérêt à visiter les stations balnéaires au printemps ou en automne, lorsque les prix sont moins élevés. Enfin, en règle générale, il est préférable de réserver votre chambre d'hôtel à l'avance afin de vous assurer une place qui correspond à vos attentes.

Décalage horaire

Lorsqu'il est 12 h à Montréal, il est 12 h à Portland. Le décalage horaire pour la France, la Belgique ou la Suisse est de six heures. N'oubliez pas qu'il existe plusieurs fuseaux horaires aux États-Unis : Los Angeles, sur la côte du Pacifique, a trois heures de retard sur New York, et Hawaii en a cinq.

Drogues

Elles sont absolument interdites (même les drogues dites «douces»). Aussi bien les consommateurs que les distributeurs risquent de très gros ennuis s'ils sont trouvés en possession de drogues.

Électricité

Partout aux États-Unis et en Amérique du Nord, la tension électrique est de 110 volts et de 60 cycles (Europe : 50 cycles); aussi, pour utiliser des appareils électriques européens, devrez-vous vous munir d'un transformateur de courant adéquat.

Les fiches d'électricité sont plates, et vous pourrez trouver des adaptateurs sur place ou, avant de partir, vous en procurer dans une boutique d'accessoires de voyage ou une librairie de voyage.

Poids et mesures

Le système impérial est en vigueur aux États-Unis :

Mesure de poids
1 livre (lb) = 454 grammes

Mesure de distance
1 pouce (po) = 2,5 centimètres
1 pied (pi) = 30 centimètres
1 mille (mi) = 1,6 kilomètre

Mesure de superficie
1 acre = 0,4 hectare
10 pieds carrés (pi^2) = 1 mètre carré (m^2)

Mesure de volume
1 gallon américain (gal) = 3,79 litres

Mesure de température
Pour convertir °F et °C : soustraire 32, puis diviser par 9 et multiplier par 5.
Pour convertir °C en °F : multiplier par 9, puis diviser par 5 et ajouter 32.

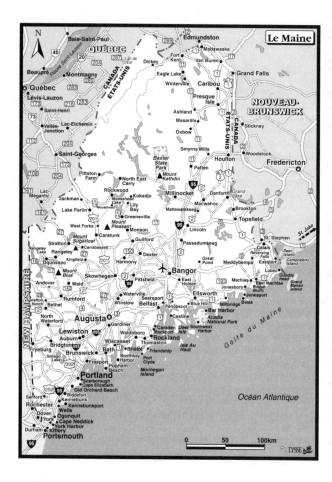

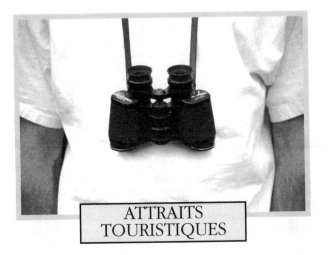

ATTRAITS TOURISTIQUES

Le chapitre qui suit propose une description de tous les attraits qui jalonnent la côte du Maine. Ils sont répertoriés par ville et par circuit sur la route 1, du sud au nord. Vous y trouverez une culture riche, une population fière de ses ancêtres et des gens accueillants. Laissez-vous surprendre par la beauté de la côte et de toutes ces plages de sable oubliées au fond d'une baie. Oubliez votre routine quotidienne en écoutant les vagues au lever du soleil.

La région offre de tout pour tous. Les amateurs d'architecture prendront plaisir à sillonner les rues de York, de Kennebunk ou de Portland. Et que dire des attractions destinées aux tout-petits qui, après s'être construit une forteresse de sable, trouveront sans mal un manège des plus excitants. Quant à ceux et celles qui convoitent un coin de nature où il fait bon s'arrêter le temps d'une bonne bouffée d'air frais, le parc du Cape Elizabeth et le Marginal Way d'Ogunquit sauront sûrement les combler. Enfin, la côte du Maine vous réserve bien des surprises; alors, partez et laissez-vous émerveiller.

KITTERY ★

Sur la route 4, Kittery est la première ville du Maine que vous croiserez tout de suite après avoir enjambé la rivière Piscataqua.

Fondée en 1647 sur les berges de la rivière Piscataqua, Kittery s'est vite imposée comme une ville importante au plan de l'industrie navale, et les Britanniques y ont construit nombre de vaisseaux militaires jusqu'en 1776. L'année suivante, le *Ranger* quitta cette petite ville du Maine pour traverser l'Atlantique jusqu'en France et y rapporter la chute de Burgoyne. C'est aussi en France que ce bateau reçut le premier salut au drapeau américain, une première pour un navire de guerre étranger. Le *Ranger* repartit ensuite vers l'Amérique en arborant différents pavillons dans le but de tromper l'ennemi britannique et, ainsi, de fournir son effort de guerre. Il fut cependant, malgré tout, capturé par les Anglais, qui l'intégrèrent à leur flotte.

Kittery demeura active dans la construction maritime même après la guerre d'Indépendance. En 1800, la marine américaine inaugura le Portsmouth Naval Shipyard, aujourd'hui encore un important chantier naval.

C'est également de Kittery, en 1745, que Sir William Pepperrell, le plus riche propriétaire terrien du Maine, partit à la tête d'un escadron composé de Britanniques et d'Américains pour aller battre les Français à Louisbourg. Cet exploit lui valut le titre de baronnet, un précédent pour un natif de la colonie. Pepperrell réussit à convaincre ses compatriotes qu'il était désormais possible de battre les grandes armées européennes, une leçon que les Américains n'allaient pas oublier lors de la révolution de 1776.

Le **Kittery Historical and Naval Museum** *(3 $; mai à oct tlj 10 h à 16 h; Rodgers Road, près des routes 1 et 236, ☎ 439-3080)* rappelle le passé des chantiers navals de la région et des États-Unis, et présente l'histoire de la cette partie de l'Amérique. Vous pourrez y voir des maquettes de navires du XVIIIe siècle à aujourd'hui. Des diaporamas, des photographies et des peintures viennent en outre agrémenter la visite. On y propose occasionnellement des expositions spéciales.

Continuez sur Rodgers Road jusqu'à la route 103, laquelle devient Pepperrell's Road à Kittery Point. Cette partie de la ville est un des premiers sites habités de la Nouvelle-Angleterre. De plus, la vue panoramique y est extraordinaire, en surplomb sur la baie de Kittery.

Dominant la rivière Piscataqua, le **Lady Pepperrell's Mansion** *(ce manoir, une propriété privée, est ouvert au public quelques jours par année; informez-vous à la chambre de commerce, ☎ 439-7545 ou 800-639-9645),* d'inspiration classique, fut érigé en 1760, soit un an après la mort de Sir William Pepperrell, sur le modèle de la Longfellow's Craigie House, à Cambridge.

Continuez sur la route 103. Le fort McClary est à votre droite sur Kittery Point Road.

Le **Fort McClary** ★ *(entrée libre; juin à sept 9 h à 17 ; Kittery Point Road, ☎ 439-2845)* se dresse dans la plus vieille partie de la ville. En effet, Kittery Point fut fortifiée au début du XVIIIe siècle pour protéger la ville contre les Français, les Amérindiens et les pirates. La plus vieille partie du fort fut d'abord nommée «Fort William» en l'honneur de Sir William Pepperrell, un aristocrate admiré de la région. Durant la guerre d'Indépendance, les Américains agrandirent le fort et y placèrent une garnison; le Fort William devint alors le Fort McClary, pour honorer la mémoire du major Andrew McClary, tué à Bunker Hill. Le fort sera considéré comme trop bien gardé pour que les Anglais s'y risquent. On y reverra des soldats en 1812, durant la guerre de Sécession américaine, lors de la guerre contre l'Espagne et, finalement, au cours de la Première Guerre mondiale. Enfin, ce petit parc d'État, avec sa magnifique vue sur la baie de Kittery, est un très bel endroit où pique-niquer en famille.

Continuez sur la route 1 jusqu'à York.

 YORK VILLAGE

Sis sur les berges de la rivière York depuis 1630, le village de York possède un admirable quartier historique qui mérite un détour. Fondé par Sir Ferdinand Gorges sous le nom de «Gorgeana», York était la capitale de la «Province of Mayne».

Après l'échec de ses projets pour le Maine, Gorges abandonna sa capitale en 1652. Gorgeana prit alors le nom de «York» en l'honneur de l'une des célèbres victoires de Cromwell en Angleterre, et s'imposa comme un important centre de construction navale. Les années suivant la guerre de Sécession se sont avérées difficiles pour la ville. Il lui aura fallu attendre les estivants arrivés au début du siècle pour retrouver sa gloire passée.

Old York est également célèbre pour sa résistance face aux Français et aux Amérindiens. On peut encore voir aujourd'hui les Logg Garrison Houses, qui ont permis aux habitants de se protéger. Un bon exemple de ces casernes est la **MacIntire Garrison** *(on ne visite pas; route 91),* avec son deuxième étage en saillie. Si l'on en croit la légende, lorsque les Amérindiens ou les Français attaquaient, alors que les hommes tiraient de leur mousquet, les femmes versaient de l'eau bouillante sur l'ennemi. Enfin, les différentes Logg Garrison Houses sont une adaptation d'un style de bâtiment européen en bois ayant alimenté de multiples légendes locales. Quant à la MacIntire Garrison, elle fut construite en 1707 selon la tradition architecturale du XVIIᵉ siècle. Les murs font plus de 20 cm d'épaisseur et sont recouverts de clins de bois, conférant ainsi un aspect massif et imprenable à cet édifice pseudo-militaire.

L'**Old York Historical Society** ★ *(207 York Street, ☎ 363-4974)* gère sept édifices datant du XVIIIᵉ siècle. Cette société possède une admirable collection de meubles, de tissus et de livres ayant appartenu aux premières familles du village. Il est possible de voir cette collection dans l'édifice principal, le **George Marshall Store**, un ancien magasin général qui domine le quai de la ville.

Ici débute la visite des bâtiments aménagés de l'Old York Historical Society. Les droits d'entrée permettent l'accès à tous les autres édifices. Bâtie en 1750 pour le compte du capitaine Samuel Jefferds, la **Jefferds Tavern** *(6 $; mi-juin à sept, 9 h à 17 h; 1A Lindsay Road)* servit longtemps de halte sur la route entre York et Kennebunk. Aujourd'hui, elle marque le point de départ de la visite et renferme un centre d'interprétation de l'histoire locale.

La petite école d'une seule pièce qu'est l'**Old Schoolhouse** est agréablement meublée des bureaux et des chaises d'origine. On y retrace aussi, brièvement, l'histoire des premières écoles de la région.

Figurant parmi les plus vieux édifices publics des États-Unis, la vieille **Old York Gaol** ★★ servait à l'époque de prison royale pour le district du Maine. Ce donjon aux murs de plus de 1 m d'épaisseur a été subséquemment agrandi pour accueillir d'autres cellules et les appartements du gardien, avant que la prison ne soit désaffectée en 1860. La visite de cette geôle vous donnera sans doute des frissons. Le système judiciaire de l'époque permettait à n'importe quel créancier de faire incarcérer une personne pour non-paiement de dette. C'est pourquoi cette petite prison a fait souffrir plus d'un fermier qui, en plus d'être endetté jusqu'au cou, se voyait jeté au cachot et séparé de sa famille. On peut aussi visiter les appartements du gardien, meublés au goût de 1790.

Depuis sa construction en 1742, l'**Emerson-Wilcox House** a eu plusieurs affectations. D'abord bureau de poste, taverne puis salon de coiffure, elle devint une résidence privée jusqu'à ce qu'on la transforme en musée d'histoire locale. Vous y verrez différents vestiges de la région.

La côte du Maine offre un spectacle architectural bien particulier. À la fin du XIXe siècle, la bourgeoisie bostonienne cherchait à retrouver l'esthétique de la Nouvelle-Angleterre du siècle précédent. En effet, elle déplorait la laideur de son pays et accusait les immigrants de ruiner «sa» Nouvelle-Angleterre. Comme le Massachusetts était déjà perdu aux yeux de ces bourgeois, ils choisirent le Maine pour instaurer le style appelé à devenir le Colonial Revival America (néo-colonial américain). Un bon exemple de ce style architectural est l'**Elizabeth-Perkins House** *(Lindsay Road)*. Plutôt que de se faire bâtir une luxueuse demeure sur le port de York, comme le voulait la mode, Elizabeth Perkins choisit de restaurer une maison toute simple le long de la rivière, et réussit à en faire un modèle de Colonial Revival. Vous y remarquerez une cuisine et des poutres raffinées. Enfin, cette maison devint une sorte de centre culturel pour les estivants de la région.

La **John Hancock Warehouse** fut construite au milieu du XVIIIe siècle. John Hancock était un riche marchand, également patriote et signataire de la déclaration d'Indépendance. Cet entrepôt raconte l'histoire du commerce maritime dans la région.

Continuez sur Maine Street jusqu'à York Harbor.

YORK HARBOR ★★

Ce petit port fourmille d'artisans qui y exposent leurs œuvres. On s'y balade doucement au gré d'un autre rythme de vie. Vous pourrez également y voir de superbes maisons, pour la plupart construites au XIXᵉ siècle par les citadins de Boston et de New York qui cherchaient à fuir leur milieu urbain.

Le marchand Jonathan Sayward acheta, dans les années 1760, un maison de style classique datant de 1718. Il la fit agrandir et la décora de meubles Queen Anne et Chippendale. La légende veut que son mobilier provienne d'un butin de guerre pris aux Français à Louisbourg en 1745. Heureusement, les générations subséquentes ont su conserver la maison et son ameublement intacts. La **Sayward-Wheeler House** *(visite guidée de 50 min; juin à mi-oct, mer-dim 12 h à 16 h; 79 Barell Lane Extension, ☎ 436-3205)* appartient désormais à la Société de préservation des antiquités de la Nouvelle-Angleterre. L'édifice comme tel ne présente que peu d'intérêt, mais la décoration intérieure en surprendra plus d'un. Avec ses plafonds bas, ce qui laisse présupposer une demeure simple, cette maison admirablement décorée est un très bon exemple des richesses acquises par les colons britanniques à la veille de la guerre d'Indépendance.

Plage

La petite plage de **York Harbor Beach** ★ s'avère charmante et intime. Sise dans une agréable baie, elle possède un sable fin, un lit douillet pour les journées un peu trop chaudes. Évidemment, sa taille minuscule aide grandement à éloigner les foules. Stationnement limité.

Empruntez Long Beach Avenue jusqu'à York Beach.

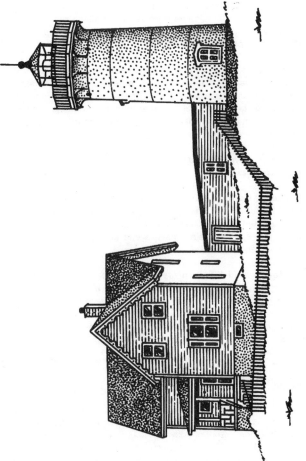

Nubble Light

YORK BEACH

Seulement quelques kilomètres séparent York Village de York Beach, mais on croirait changer d'univers. Les deux York précédents vibrent à un rythme plus lent et plus traditionnel, alors que York Beach se veut plus populaire, plus *rock'n'roll*. On y trouve un amalgame de restaurants et de boutiques de souvenirs, bordés d'une longue rangée d'hôtels dressés comme des soldats protégeant la mer.

Deux attraits dominent le paysage à partir de la plage, le **Mount Agamenticus** et le Nubble Light. Haut de quelques centaines de mètres (692 m), le petit mont Agamenticus offre une vue superbe de la Presidential Range et du golfe du Maine. De plus, il fut longtemps un précieux point de repère pour les marins, se démarquant du reste de la plaine côtière.

Quittez la route 1A, et prenez Nubble Road jusqu'à la pointe du Cape Neddick.

Le **Nubble Light** ★, situé sur le Cape Neddick, constitue encore aujourd'hui un superbe site pour les amateurs de photos, en plus de guider les navires dans la région. Le phare comme tel n'est pas extraordinaire, mais la vue sur l'Atlantique vaut le déplacement.

Le **York's Wild Kingdom** *(adulte 11,50 $, enfant 10 ans et moins 9,50 $; les manèges sont ouverts de juin à la fête du Travail, 12 h à 22 h; le zoo est ouvert de mai au Columbus Day, 10 h à 17 h)* se définit comme un zoo doublé d'un parc d'attractions. Vos enfants y feront une balade à dos d'éléphant ou de poney. Le zoo compte près de 500 animaux.

 Plages

La magnifique **Long Sands Beach** s'impose, avec raison, comme le joyau de York. Cette plage de 3,2 km de long, bordant la rue du même nom, attire chaque année une foule d'estivants. Alors que York Harbor Beach est calme et intime, Long Sands Beach est plûtot comme un site en effervescence. Mais ne vous inquiétez pas, il y a de la place pour tout le monde. Ici aussi le stationnement est limité.

Située de l'autre côté du Cape Neddick, **Short Sands Beach** est une copie réduite de Long Sands Beach. En plus des joies de la mer, on apprécie particulièrement le décor des maisons victoriennes qui lui font face. S'étend également près de Short Sands Beach la partie la plus fréquentée de York, avec ses bars, restaurants et cafés.

Reprenez la route 1 par la route 1A jusqu'à Ogunquit.

 OGUNQUIT ★★

Le mot «Ogunquit», dans la langue des Algonquins, signifie «un bel endroit près de la mer». Leurs contemporains de la communauté artistique sont totalement en accord avec cette appellation. Ogunquit s'est effectivement rendue célèbre grâce à son effervescence artistique au début du siècle, Et encore aujourd'hui, nombre de créateurs immortalisent cette longue plage de sable fin à travers leurs talents de paysagistes ou d'auteurs. Conséquemment, on retrouve à Ogunquit beaucoup de galeries d'art et de boutiques d'artisanat qui sauront meubler ces après-midi trop chauds pour la plage, ou peut-être ces délicieuses soirées d'été. Enfin, Ogunquit est également une destination de choix auprès de la communauté gay; il s'agit en fait, pour ce groupe, de la destination américaine la plus populaire après Provincetown.

Ogunquit a su conserver son aspect pittoresque malgré l'achalandage touristique grandissant. La plage a pu être préservée grâce à un plan d'urbanisme efficace et habile qui a eu pour effet d'éloigner les terrains de stationnement. Il fait bon s'y reposer, loin des bruits et de la pollution des voitures. Une balade le long du Marginal Way (voir p 87) par une chaude nuit d'été s'avère toujours fort agréable.

Des autobus rappelant les tramways d'antan assurent le transport des visiteurs jusqu'aux principaux points d'intérêt. Cet ingénieux mode de transport permet de pallier le problème des embouteillages dans les rues du petit village.

Fidèle à sa réputation de village d'artistes, Ogunquit s'est dotée d'une admirable petite galerie d'art que l'on peut facilement qualifier de musée. Le **Museum of American Art** ★ *(adulte 3 $, aîné 2 $, entrée libre pour les enfants de moins de 12 ans; juin à sept lun-sam 10 h 30 à 17 h, dim 14 h à 17 h; Shore Road, ☎ 646-4909)* propose une sélection d'œuvres d'artistes qui ont travaillé ou qui travaillent encore dans la région. Le nombre impressionnant de ses fenêtres lui confère un charme bien particulier et permet de ne jamais perdre la mer de vue. Enfin, en plus des expositions temporaires d'œuvres de renommée nationale, la galerie d'art présente, entre autres, de magnifiques huiles de Henry Strater.

The Barn Gallery *(juin à sept, lun-sam 10 h à 17 h, dim 14 h à 17 h; ☎ 646-5370)*, plus modeste que le Museum of American Art, propose une sélection d'œuvres des membres de l'Ogunquit Art Association. On y présente souvent, par ailleurs, des conférences, des projections de films et même des concerts.

 Plages

La plage principale d'Ogunquit est divisée en deux portions imprécises : **Main Beach** ★ et **Footbridge Beach.** Ces plages se veulent agréables, mais très fréquentées. Elles sont toutes deux situées à quelques minutes du centre et ouvertes de 8 h à 17 h en saison. Les plages publiques furent chèrement gagnées. En 1820, Charles Tibbetts, du New Hampshire, acheta les terres où s'étend Ogunquit Beach. Or, lorsque les délégués de l'Ogunquit Village Corporation apprirent que Tibbetts voulait vendre ces terres à une entreprise de parcs d'attractions, ils mirent fin à l'entente. Ils se rendirent en effet à Augusta, la capitale, afin d'obtenir la permission de transformer la plage en parc public, et ils obtinrent assez facilement gain de cause. Ils formèrent par la suite l'Ogunquit Beach District, imposant une taxe supplémentaire aux résidants afin de recueillir les 43 500 $ nécessaires à l'entretien de la plage. Le but premier de cette organisation était d'empêcher toute construction sur la plage; voilà pourquoi la plage d'Ogunquit est en si bon état.

On retrouve, à proximité de l'entrée de **Beach Street**, restaurants, toilettes et stationnement (2 $ l'heure). Pour ce qui est de Footbridge Beach *(à l'extrémité d'Ocean Street)*, on n'y trouve aucun services sauf un stationnement (6 $ par jour), mais cette partie de la plage est beaucoup moins fréquentée.

Empruntez Shore Road ou, à pied, le Marginal Way jusqu'à Perkin's Cove. Notez que, l'été venu, le stationnement y est presque impossible. Vous pouvez toujours vous y rendre grâce au service de tramways.

 ## PERKIN'S COVE ★★

Ce petit hameau est en fait le port d'Ogunquit. Dans les années trente, il était devenu évident que le petit bassin réservé aux pêcheurs et aux amateurs de sports nautiques était trop étroit. Les pêcheurs se rallièrent, et le Perkin's Cove Harbor Project vit le jour. On décida alors de creuser et d'agrandir la baie jusqu'à lui donner ses dimensions actuelles. Aujourd'hui, Perkins Cove est un petit village de pêcheurs agrémenté de délicieuses boutiques d'art, de restaurants et de cafés. On s'y balade entre les bons restaurants et les terrasses tranquilles. Remarquez également le pont piétonnier qui relie les deux côtés de la baie. Lorsque les bateaux s'avancent vers le port, ils sifflent trois fois pour demander au *harbourmaster*, le gardien du port, de lever le pont. Le pont se sépare alors en deux parties inégales, la plus longue s'ouvrant mécaniquement et l'autre, manuellement. L'achalandage estival rend le stationnement presque impossible. Il est donc recommandé de vous y rendre à pied par le magnifique Marginal Way ou d'utiliser les tramways.

Reprenez la route 1 jusqu'à Wells.

 ## WELLS

Wells est une petite ville encaissée entre la route 1 et la mer. Sa longue plage rejoint celle d'Ogunquit par Moody Beach. La plage de Wells est semi-privée, c'est-à-dire qu'elle est réservée aux propriétaires ou aux locataires des multiples villas qui la bordent. Pour y avoir accès, vous devrez louer une maison ou une chambre avec accès à la plage. De l'autre côté de la route 1A se trouve le centre-ville de Wells. Plusieurs boutiques, spécialement des antiquaires, font figurent de proue dans la région. On dit d'ailleurs que Wells est un paradis pour ceux qui recherchent des antiquités ou des livres anciens. Notez cependant que les aubaines y sont rares.

Le **Wells Auto Museum** *(3,50 $; mi-juin à sept 10 h à 17 h, mai à mi-juin et début oct sam-dim 10 h à 17 h; route 1, ☎ 646-9064)* possède une collection de plus de 70 vieilles voitures et motocyclettes. Le musée ne présente que peu d'intérêt pour ceux et celles qui ne sont pas passionnés de voitures.

 Plages

Moody Beach *(route 1, puis Eldrige Street)* est le prolongement d'Ogunquit Beach. Comme cette dernière, cette plage se révèle fort agréable, un endroit où le soleil est un dieu pour tous les estivants à la recherche d'un peu d'azur. Souvenez-vous que vous devez marcher vers la droite une fois sur la plage, puisque celle-ci est privée de l'autre côté.

Wells Beach est située à l'extrémité est de la longue bande de sable fin qui annonce les villes d'Ogunquit et de Wells. La plage s'avère large et lisse. Il s'agit d'un endroit propice à la pratique du surf sans planche. Se trouvent près de la plage un casino, quelques boutiques, des restaurants, des toilettes publiques, etc. Le stationnement coûte 6 $ pour la journée.

Toujours par la route 1, continuez sur quelques kilomètres jusqu'à Kennebunk.

 KENNEBUNK ★★

Kennebunk possédait autrefois un important chantier naval. On y découvre ainsi nombre de riches manoirs reflétant toutes les grandes traditions architecturales américaines : Queen Anne, néo-classique, fédérale, etc., autant de magnifiques demeures ayant appartenu aux capitaines et aux constructeurs de bateaux de la région. Entre autres, remarquez la **James Smith Homestead** *(on ne visite pas; route 35),* qui vous donne une idée de ce que pouvait être une ferme géorgienne; ou encore le **Bourne Mansion** *(on ne visite pas; 8 Bourne Street)*, un très bel exemple du style fédéral.

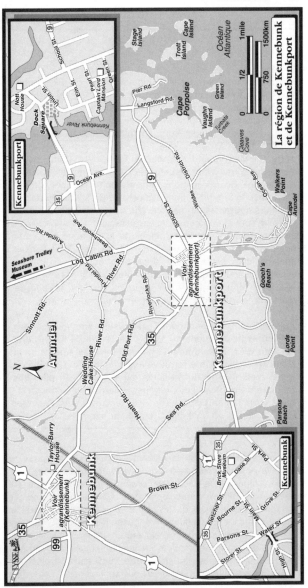

La région de Kennebunk et de Kennebunkport

Les Kennebunks

La région des Kennebunks est une agglomération de villages qui portent tous presque le même nom : Kennebunk, Kenne-bunkport, Kennebunk Beach, Cape Porpoise et Arundel. Rendus célèbres dans les dernières années par la présence de la résidence d'été de l'ancien président américain George Bush, les Kennebunks sont en fait populaires depuis les années 1870. En effet, une firme originaire du Massachu-setts, la Boston and Kennebunk Sea Shore Company, a acquis les terres allant de Lord's Point, à l'extrémité ouest de Kennebunk Beach, jusqu'à Cape Purpoise. Ce consortium s'est ensuite affairé à construire près de 30 grands hôtels et plusieurs douzaines de maisons afin de recevoir les estivants de New York et de Boston qui envahissaient la région chaque été. Les années quarante, cinquante et soixante ont vu la popularité des Kennebunks diminuer. Mais, depuis les années soixante-dix, cette petite agglomération est en pleine croissance touristique. Plusieurs vieux hôtels ont été réno-vés, une série de «B&B» ont vu le jour, et une pléiade de restaurants assurent maintenant les plaisirs de la table.

Aujourd'hui, les Kennebunks s'imposent comme une des meilleures destinations du Maine. Le centre de Kennebunk est tout près de la route I-95 et à 10 minutes à peine de la plage en voiture. On y retrouve également un peu moins de gens, mais il offre de meilleurs services tant au plan des restaurants que des lieux d'hébergement. Le seul inconvé-nient de la région est que tout y est relativement plus cher qu'à Ogunquit ou qu'à Old Orchard par exemple.

Vous pourrez aussi voir la célèbre **Wedding Cake House** ★ *(seule la petite galerie d'art est ouverte au public; route 9A).* Selon la légende, le capitaine possédant cette maison a été appelé à la mer en catastrophe peu avant son mariage. Le mariage eut lieu, mais on n'eut pas le temps de préparer le gâteau. Voulant consoler son épouse, il lui promit de faire décorer la maison comme si ç'eût été un gâteau. La réalité est toutefois un peu moins romantique. Le propriétaire de l'époque, George Bourne, essuya en effet entre 1840 et 1850 plusieurs échecs, tant au plan professionnel que sentimental. Longtemps

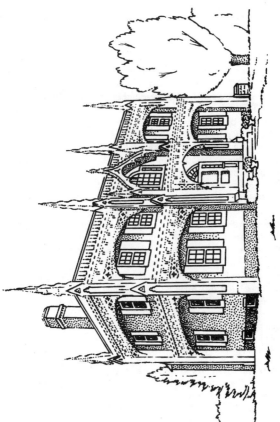

The Wedding Cake House

un riche constructeur de bateaux, le déclin de l'industrie dans la région le mena carrément à la faillite, et l'exubérance et l'ampleur de l'ouvrage semblent lui avoir permis d'oublier quelque peu ses déboires. Il termina son «œuvre» à l'été 1856 et mourut de la fièvre typhoïde en décembre de la même année.

Le **Brick Store Museum** *(3 $; mai à mi-déc, mar-sam 10 h à 16 h 30; jan à avr, mar-ven 10 h à 16 h 30; 117 Main Street, ☎ 985-4802)* est un ancien magasin général aujourd'hui reconverti en musée. Au rez-de-chaussée, on propose une exposition sur l'histoire maritime et sociale de la région. L'étage est pour sa part réservé à une collection de meubles de style fédéral, de portraits et de peintures représentant des bateaux. On y retrouve également des effets personnels de l'auteur Kenneth Roberts, rendu célèbre grâce à son livre *Arundel*, ayant Kennebunk pour toile de fond.

La **Taylor-Barry House** *(2 $; juin à sept, mar-ven 13 h à 16 h ou sur rendez-vous, adressez-vous au Brick Store Museum; 24 Summer Street, ☎ 985-4802)* est une maison de style fédéral ayant appartenu à un capitaine de la région. Remarquez le couloir et le mobilier datant de la même période.

Empruntez la route 35 jusqu'à l'intersection de la route 9, où vous devez tourner à gauche pour aller à Kennebunkport ou continuer tout droit vers Kennebunk Beach.

 KENNEBUNKPORT ★★

Kennebunkport a été rendue célèbre par la présence de la résidence d'été de l'ancien président américain George Bush. Sa famille y possède une villa depuis le début du siècle. En fait, Bush n'est pas le premier résidant célèbre de Kennebunkport. L'auteur américain Kenneth Roberts fut le premier à faire découvrir la région au reste de l'Amérique dans les années vingt et trente. Décrivant la vie de l'Amérique coloniale, Roberts est vite devenu très populaire. Ses romans *Rabble in Arms, Northwest Passage, Oliver Wiswell* et *Arundel* sont de précieuses sources d'information sur la vieille Amérique. D'ailleurs, le village de North Kennebunk a changé son nom pour «Arundel» en l'honneur de l'écrivain. Kenneth Roberts était un extravagant personnage qui voulait s'éloigner de la civilisation. Sa popularité et l'attrait grandissant de Kennebunkport le dérangeaient presque jusqu'à la folie. On le vit même tirer sur un avion, tant il haïssait le bruit. Il finit par se retirer dans un lieu plus tranquille que Kennebunkport.

Kennebunkport, située sur le bord de la rivière Kennebunk, possédait aussi un chantier naval. Comme à Kennebunk, s'y trouve un riche quartier historique, avec de superbes maisons aux styles architecturaux allant du géorgien au fédéral. À la fin du XIXe siècle, la chute de l'industrie navale força le virage touristique de la ville, pour notre plus grand plaisir d'ailleurs!

Le centre de la ville, autour du **Dock Square**, est toujours très animé. On retrouve, sur les rues avoisinantes, toutes sortes de boutiques et galeries d'art, ainsi que plusieurs charmants petits restaurants. En été, le Dock Square est envahi par les touristes venus flâner en ville.

Prenez la rue Spring jusqu'à la rue Maine, puis tournez à gauche sur cette dernière.

Construite en 1853 par Charles Perkins, la **Nott House ★** *(3 $; Maine Street, ☎ 967-2751)* est un très bel exemple néo-classique. Remarquez les colonnes doriques qui ont valu à cette maison le nom de «White Columns». Perkins et son épouse, Celia Nott Perkins, ont emménagé dans la demeure au lendemain de leurs noces. Une visite guidée retrace l'histoire du couple et de la maison à travers le journal intime de Celia. Encore aujourd'hui, la décoration d'origine brille dans toute sa gloire.

Reprenez la rue Maine vers la plage jusqu'à la rue Green, que vous descendrez sur la distance d'un pâté de maisons.

Aujourd'hui transformé en auberge, le **Captain Lord Mansion ★** *(à l'angle des rues Green et Pleasant)* saura sûrement attirer votre attention. Le capitaine Nathaniel Lord fit bâtir ce manoir entre 1812 et 1815. Cette résidence s'inscrit dans la tradition fédérale, compte tenu de sa forme très symétrique ainsi que de sa porte centrale à fenêtre palladienne.

Revenez sur vos pas, et suivez la rue Maine jusqu'au bout. Prenez ensuite vers le nord la rue North, qui devient la rue Logg Cabin, jusqu'au Seashore Trolley Museum.

Le **Seashore Trolley Museum** ★ *(6 $; mai à mi-oct tlj 10 h à 17 h 30; Logg Cabin Road, ☎ 967-2800)* a récupéré et surtout restauré plusieurs tramways. L'exposition raconte les 100 ans d'histoire de ce moyen de transport. On y trouve plus de 225 tramways en provenance des quatre coins du monde, de Boston à Nagasaki en passant par New York et Sydney. Les enfants raffoleront de la petite balade (5 km environ) sur une ancienne voie de tramway. Ils auront droit à un arrêt très intéressant à l'atelier de restauration du musée, où l'on transforme des tas de ferraille en glorieux souvenirs du début du siècle. À ne pas manquer.

 Plages

Afin d'éviter un afflux trop important de visiteurs les fins de semaine, la ville de Kennebunk a instauré un système de permis pour le stationnement *(5 $ par jour, 15 $ par semaine ou 30 $ par mois)*. Pour obtenir ce permis, vous devez vous rendre au poste de police de Kennebunk (et non de Kennebunkport) ou vous le procurer à votre hôtel. Cette initiative a servi à contrôler la quantité des baigneurs et à assurer une relative tranquillité sur les plages de la région.

Les plages sont ouvertes de 9 h à 17 h, en juillet et en août. Muni du permis spécial, vous pouvez garer votre voiture dans les stationnements de la ville. Enfin, le meilleur moyen d'accéder aux plages demeure les Trolley Bus, qui circulent toute la journée et qui vous emmènent où vous voulez en ville pour à peine 0,50 $.

Kennebunkport est entourée de trois magnifiques plages. **Kennebunk Beach** *(le long de Beach Avenue)* s'étire sur quelque 3 km. Les trois sections de la plage (Gooch's Beach, Middle Beach et Mother's Beach) composent un très beau site pour la détente. Partagée entre le sable fin et les galets, cette magnifique plage est beaucoup moins fréquentée que celles d'Ogunquit ou d'Old Orchard. On se laisse facilement bercer par cette mer infinie. Si vous écoutez attentivement, elle saura vous raconter l'histoire de ces hommes et de ces femmes qui ont bâti la Nouvelle-Angleterre. **Gooch's Beach** et **Middle Beach** sont surtout fréquentées par des adultes souhaitant prendre un long bain de soleil. Vous y verrez également quelques surfeurs dans les vagues. **Mother's Beach** ★, pour sa part, voit arriver une ribambelle d'enfants et, derrière eux, des papas et des mamans leur assurant la sécurité. Cette petite plage est tout indiquée pour les familles, puisqu'il est toujours facile d'y garder les enfants dans son champ de vision.

Prenez la route 9 en direction de Wells.

Parson's Beach ★ constitue un havre de paix. Peu connue, cette petite plage offre un mélange de simplicité, de sable fin et de calme. On peut s'y balader tout seul la nuit, éclairé par les rayons blafards de la lune. Notez que le stationnement est très limité. Vous devrez probablement laisser votre voiture le long de la route 9 et descendre Grand Avenue, bordée d'érables, jusqu'à la plage.

Prenez la route 9 en direction est jusqu'à Dyke Road, qui mène au King's Highway, que vous emprunterez vers l'ouest jusqu'à Goose Rocks Beach.

 GOOSE ROCKS BEACH

Ce petit hameau calme et paisible est un lieu de retraite pour les amants de la solitude. Vous y verrez plusieurs petites maisons tranquilles qui s'attardent devant l'Atlantique, comme hypnotisées par la puissance et la beauté du grand océan.

 Plage

La plage de **Goose Rocks Beach** ★ *(le long du King's Highway)* s'étend un peu plus loin que les autres, soit au nord du village de Kennebunkport. Large et recouverte de sable fin, elle offre de magnifiques vues sur les îles qui lui font face. Elle plaira aux marcheurs qui, le matin venu, pourront se laisser émerveiller par les rayons du soleil qui brillent sur la mer. Un peu comme Mother's Beach, cette plage est populaire auprès des familles qui apprécient les eaux calmes de cette petite baie. Il vous faudra ici aussi un permis de stationnement, différent de celui de Kennebunk Beach, et vous pourrez l'obtenir au poste de police de Kennebunkport (et non de Kennebunk) au même tarif.

En partant de Kennebunk Port, prenez Main Street jusqu'à la route 9; suivez cette dernière vers l'est jusqu'à Pier Road, dans le village de Cape Porpoise. Pier Road vous mènera au quai de la ville.

 CAPE PORPOISE ★★

Une petite baie où sont amarrés d'humbles bateaux de pêche, voilà Cape Porpoise. Si vous êtes à la recherche d'un endroit serein et placide où retrouver le Maine pittoresque, ce menu village vous charmera. Découvert au tout début de la colonie par John Smith, «The Cape» vit au rythme des pêcheurs. À l'aube, ils partent en silence sur le miroir océanique pour aller lever leurs cages. Homards et crabes sont ainsi ramenés dans les viviers le long de la côte. Nul besoin de préciser que Cape Porpoise s'est taillé une solide réputation auprès des amateurs de fruits de mer.

Au départ de Kennebunkport, prenez la route 35 vers le nord jusqu'à la route 1, que vous emprunterez vers l'est en direction de Saco.

 SACO

Saco est une petite ville qui annonce la plage d'Old Orchard. On y retrouve beaucoup de descendants de Québécois, ce qui explique les enseignes «Tremblay Hardware Store» ou encore «Pilon Insurance». Selon des statistiques américaines, on compte plus de sept millions d'Américains d'origine québécoise. Souvenons-nous de ces migrations en masse qui ont frappé le Québec au siècle dernier, alors que la crise économique rendait la recherche d'emplois de plus en plus difficile. Au même moment, l'industrie américaine du textile fleurissait, et la main-d'œuvre se faisait rare. C'est ainsi que nombre de familles québécoises ont quitté leur ferme vers les États-Unis avec le désir de réussir, mais aussi avec la tristesse de laisser derrière elles leur pays.

Aujourd'hui, Saco assure les services nécessaires aux estivants d'Old Orchard. On y a vu naître bon nombre d'attractions touristiques destinées aux enfants le long de la route 1 ainsi que des hôtels, motels et restaurants présentant un excellent rapport qualité-prix pour les voyageurs au budget restreint.

Le **York Institute Museum** *(adulte 2 $, moins de 16 ans 1 $; mai à oct mar-ven 13 h à 16 h, juil et août mar-sam 13 h à 16 h, nov à avr mar-mer 13 h à 16 h, le reste de l'année mar 13 h à 20 h; 371 Main Street, ☎ 282-3031)* abrite une collection composée d'œuvres rappelant l'histoire de la côte sud du Maine. On peut y voir une sélection de tableaux d'origine, des meubles et des outils. Le musée organise également des conférences, des excursions et des expositions spéciales.

Toute la famille appréciera le **Maine Aquarium** *(adulte 6 $; tlj; ☎ 284-4511)*, où s'ébattent pingouins, requins et autres créatures marines. Le site possède également des aires de pique-nique et de courts sentiers de randonnée.

Également pour toute la famille, **Funtown USA** et **Cascade Water Park** *(mi-juin à mi-sept, fins de semaine au printemps et en automne; route 1, à l'angle de la route I-95, ☎ 284-5139 ou 287-6231)* réunissent les composantes classiques des parcs d'attractions. De plus, on y a accès à des toboggans nautiques des plus excitants. L'**Aquaboggan Water Park** *(juin à sept; route 1, ☎ 282-3112)* attend aussi de pied ferme les amateurs de toboggans nautiques, de «bateaux tamponneurs», de piscine et de plusieurs autres divertissements aquatiques.

À partir de Saco, prenez la route 5, qui mène directement à Old Orchard Beach.

 OLD ORCHARD

C'est en 1657 que le verger *(orchard)* a été planté par Thomas Roger, mais il fallut attendre 1837 et E. C. Staples avant que quelqu'un n'anticipe l'avenir touristique d'Old Orchard. Ce dernier fit bâtir l'Old Orchard House, le premier établissement hôtelier de la région. Il demandait, à l'époque, 1,50 $ par semaine pour héberger les visiteurs. La construction du Grand Trunk Railway amena une foule de voyageurs venus du Québec et des États-Unis à Old Orchard (et partout ailleurs sur la côte du Maine).

On retrouve à Old Orchard une atmosphère de carnaval presque contagieuse. Vous y verrez également une grande quantité de voyageurs québécois venus se tailler une «place au soleil». Avec la Floride, Old Orchard est probablement l'un des endroits aux États-Unis où l'on entend le plus parler français. La région a tendance à être surpeuplée, surtout durant les plus chaudes journées d'été. Old Orchard est divisée en deux sections, le Pier et Ocean Park. Le Pier est la partie plus animée, où se trouvent les comptoirs de restauration rapide, les bars et le minigolf (qui n'a d'ailleurs rien de mini). **Ocean Park** est un peu plus calme et se situe de l'autre coté de la baie d'Old Orchard.

La région constitue un bon choix pour les familles ainsi que pour les voyageurs au budget limité. En effet, à Old Orchard, une vaste sélection d'hôtels, de motels et de terrains de camping propose des services à prix abordables. L'endroit représente toutefois un cauchemar pour les personnes à la recherche de tranquillité et de solitude.

Le **Pier** («quai» en français) est presque une institution dans la région. Le premier modèle de ce célèbre quai a vu le jour en 1898 et était entièrement fait de fer. On y trouvait plusieurs pavillons dans lesquels se côtoyaient un mini-zoo, un casino et plusieurs restaurants. On dut rénover le quai à maintes reprises jusqu'en 1980, date à laquelle la ville décida d'en construire un nouveau. Cette fois, les architectes ont fait appel au bois comme matériau principal. Aujourd'hui encore, le quai d'Old Orchard Beach accueille une abondance d'installations et de services. On y compte nombre de restaurants, des boutiques de souvenirs et même des bars.

Même après 60 ans d'existence, le **Playland Palace** *(tarif selon le manège ou 16 $ pour l'après-midi; juin à sept; ☎ 934-2001)* continue d'attirer une foule d'amateurs de sensations fortes avec des jeux pour les enfants, des manèges, une grande roue, etc. Remarquez le carrousel aux chevaux de bois entièrement peints à la main. Aussi, un tour de grande roue vous assurera d'une superbe vue sur la baie de Saco.

Plage

Old Orchard Beach ★ compte sûrement parmi les plus belles plages de toute la côte du Maine. Longue de près de 4 km, elle est amplement large et bien entretenue. Prenez toutefois garde à la marée, car elle monte rapidement dans la région. Contrairement aux plages plus strictes, voire snobs des Kennebunks, les jeux et les enfants sont ici les bienvenus. Vous verrez donc sur la plage, en plus des traditionnels architectes de châteaux de sable, du volley-ball, du lancer de frisbee «olympique» et beaucoup d'autres sports de plage. Toutes ces activités et les quelques gouttes de sueur qu'elles procurent vous immunisent contre la froideur de l'eau. Aucun animal sur la plage avant 17 h.

Continuez sur la route 1 jusqu'à la jonction de la route 207 vers Prouts Neck.

 PROUTS NECK ★

Prouts Neck est une petite presqu'île qui avance curieusement dans la mer. Une longue plage de sable blanc marquant sa côte fait face à Old Orchard Beach. Ce promontoire en saillie a été immortalisé par Winslow Homer, un grand peintre américain. Après une belle carrière d'aquarelliste, surtout durant la guerre de Sécession, Homer est parti en Grande-Bretagne étudier la vie des pêcheurs du Nord. Il se découvrit une passion pour la confrontation entre la mer et les hommes, cette bataille continuelle entre l'intelligence et la force pure.

En 1875, Homer et son frère sont venus s'établir à Prouts Neck, avec l'idée de construire une résidence d'été pour leur famille. Ils achetèrent donc presque toutes les terres de la péninsule. Comme prévu, Prouts Neck devint populaire, et ils se départirent de quelques terrains, en choisissant bien à qui ils vendaient. Winslow Homer chérissait la solitude et l'isolement, autant dans son studio qu'au cours de ses longues marches le long de la baie.

Alors que les estivants avaient quitté la presqu'île depuis plusieurs semaines, Winslow Homer restait sur place. Il aimait voir l'automne arriver, alors que les vagues de l'Atlantique atteignent de 10 m à 15 m de hauteur. Il prenait plaisir à se laisser inspirer par la force de cette gigantesque mer, alors qu'elle s'abat sur la côte rocailleuse et laisse derrière elle une forte odeur de sel marin. Il allait aussi observer les pêcheurs rentrant de leurs dernières quêtes, les traits tirés par une saison ardue et les vents marins.

En 1884, il passa de l'aquarelle à l'huile. On retrouve dans l'œuvre de Homer cette côte torturée et bénie, avec ses habitants, hommes et femmes, vivant au rythme des marées. Son esthétique rappelle celle des impressionnistes français. On sent dans son œuvre une réelle passion pour la lumière et l'instant. Parmi ses toiles les plus prisées, notons *The life-line,* où une femme est sauvée d'un naufrage, *The Fog Warning* et *Artist's Studio in an Afternoon Fog*, qui lui ont valu une renommée internationale. Il remisa ses pinceaux en 1909, à l'âge de 73 ans, et mourut l'année suivante.

 Plages

Aujourd'hui, Prouts Neck est encore un site propice à la villégiature. On y trouve trois plages. La première, celle de la **Prouts Neck Association**, est privée. Vous pouvez vous procurer un permis de passage pour une journée à l'auberge Black Point Inn (voir p 100), située à l'entrée de la plage. L'auberge gère également un restaurant et un petit casse-croûte. Si vous cherchez une plage un peu moins huppée, **Scarborough Beach ★** *(au nord-est, sur la route 207)* est tout aussi élégante, quoique vous devrez apporter avec vous un pique-nique, car il n'y a pas l'ombre d'un restaurant sur la plage. Celle-ci est petite, mais, grâce aux espaces de stationnement limités, on y trouve rarement trop de gens. Enfin, **Higgin's Beach** *(route 77)* est la plus courue des trois; aucun espace de stationnement n'y est disponible.

Continuez sur la route 1 jusqu'au croisement de la route 114 en direction de Cape Elizabeth.

CAPE ELIZABETH ★

Dominant l'Atlantique tel un gardien intemporel du silence, le **Portland Head Light** est le symbole pictural le plus représenté du Maine. C'est George Washington lui-même qui ordonna la construction de ce phare en 1790. Imaginez la terreur des capitaines s'avançant vers cette côte rocailleuse par ces matins brumeux. Regardez le ressac qui vient battre cette côte avec force et violence; et imaginez ce que cette même côte peut faire à la coque d'un navire. On peut lire sur des panneaux l'histoire de l'*Ammie C. McGuire,* qui s'est échoué la veille de Noël 1886. Le petit parc qui entoure le fort est le site idéal pour un pique-nique en famille. Enfin, l'ancienne maison du gardien abrite un agréable petit **musée** *(adulte 2 $, enfant 1 $; juin à oct 10 h à 16 h; nov, déc, avr et mai fins de semaine 10 h à 16 h; 1000 Shore Road, ☎ 799-2661).* On y retrace l'histoire internationale des phares et celle de l'industrie navale américaine.

Le **Crescent Beach State Park** ★ *(adulte 2,50 $, enfant entre 5 et 11 ans 0,50 $)* est un autre site très populaire, mais auprès des habitants de la région cette fois. Cette plage de sable fin est une des plus belles du Maine. Vous trouverez sur place toutes les installations nécessaires telles que toilettes, restaurants, etc. Également sur Cape Elizabeth, le **Two Lights State Park** *(1,50 $; 15 avr à nov),* comme son nom l'indique en anglais, entoure deux phares. Le Cape Elizabeth Light guide encore les marins de la région, alors que son frère jumeau s'est éteint il y a quelques années. Vous pouvez, si le cœur vous en dit, escalader l'ancienne tour militaire pour jouir d'une vue imprenable sur l'Atlantique.

Prenez la route 77, qui conduit à Portland.

PORTLAND ★★★

Portland est une petite ville qui surplombe la baie de Casco. On la surnomme «la San Francisco de l'Est». Évidemment, ses rues étroites qui semblent plonger dans la mer, l'abondance de ses maisons victoriennes et même son effervescence culturelle surprenante pour une ville de seulement 65 000 habitants

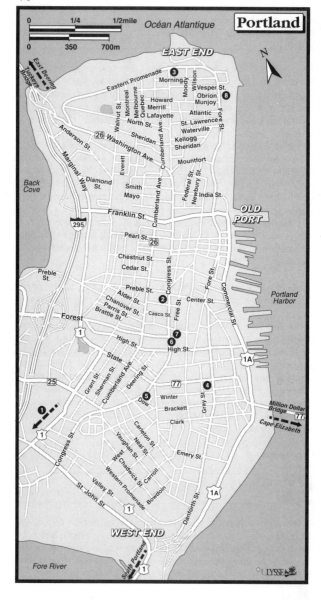

Portland

Océan Atlantique

0   1/4   1/2mile
0   350   700m

EAST END

Eastern Promenade

East Deering
Tukey's Bridge

Morning
Wilson
Vesper St.
Obrion
Munjoy
Moody

Howard
Merrill
Lafayette
North St.
Atlantic
St. Lawrence
Waterville
Kellogg
Sheridan

Walnut St.
Montreal
Melbourne
Quebec

Anderson St.
Washington Ave.
26
Sheridan
Cumberland Ave.

Mountfort
Fore St.

Marginal Way

Back Cove

Diamond St.
Everett

Smith
Mayo
Cumberland Ave.

Federal St.
Newbury St.
India St.

OLD PORT

295

Franklin St.

Pearl St.
26

Chestnut St.
Cedar St.

Preble St.
Alder St.
Chanover St.
Paris St.
Brattle St.

Preble St.

Congress St.
Free St.

Fore St.

Casco St.

Center St.

Commercial St.

Portland Harbor

Forest

1

High St.

6 7
High St.

State

Grant St.
Sherman St.
Cumberland Ave.
Deering St.

25

77
4

Gray St.

1

5
Dow

Winter
Brackett
Clark

Million Dollar Bridge
77
Cape Elizabeth

Carleton St.
Neal St.
Vaughan St.
West
Chadwick St.
Carroll

Emery St.

Western Promenade
Valley St.
Bowdoin

Congress St.

1

St. John St.
1

Danforth St.

1A

WEST END

Fore River

South Portland
1

© ULYSSE

N

suggèrent San Francisco, mais la comparaison demeure injuste. Portland possède son âme propre, celle d'une ville au passé riche et passionnant, celle d'une ville qui a souffert le feu et la reconstruction, celle d'une ville fière, aujourd'hui résolument tournée vers l'avenir.

Dès le début de la colonie, Français, Anglais, Amérindiens et pirates ont croisé le fer dans la région. Tous vivaient du commerce des fourrures, de l'industrie forestière ou de la pêche. En 1715 arriva un bataillon du Massachusetts pour fortifier la ville. En 1770, la ville obtient un nom, Falmouth, et acquiert une certaine prospérité grâce à l'industrie navale et à l'exportation des fourrures, du bois et du poisson.

En octobre 1775, lors de la guerre d'Indépendance, les Britanniques se sont installés dans la baie et ont mis le feu à la ville. Cet événement suscita un très vif sentiment révolutionnaire au sein des 13 colonies. Même en ruine, Falmouth était trop fière pour céder. Une centaine de colons sont restés et ont reconstruit la ville. Le 4 juillet 1786, Falmouth devint Portland.

Portland s'est peu à peu imposée comme un port majeur de la Côte Est. Avec un port aussi important, le XIXe siècle a vu arriver une période de richesse, particulièrement dans les secteurs de la construction navale, du textile et de l'industrie forestière. Une douzaine de chantiers maritimes destinaient leur production à la Russie, à l'Inde et à l'Europe. On y a vu naître la première raffinerie de sucre des États-Unis : la Portland Sugar Compagny.

Durant la guerre de Sécession, 5 000 abolitionnistes de la région se sont joints aux troupes du président Lincoln. C'est justement après cette guerre, en 1866, que Portland fut de nouveau victime des flammes. L'incendie ravagea près du tiers de la ville.

Heureusement, quelques exemples d'architecture traditionnelle ont été épargnés des flammes de 1866. Une balade dans le quartier historique de la ville s'avère très intéressante. Entre autres, la **Tate House (1)** *(adulte 3 $, enfant 1 $; juil à mi-sept mar-sam 10 h à 16 h, dim 13 h à 16 h; 1270 Westbrook Street, ☎ 774-9781)*, construite en 1755, est un magnifique témoin de la mode géorgienne. George Tate, un inspecteur forestier au service de la Couronne britannique, y habita de

Portland

1755 à 1794. Son fils devint le seul Américain à être nommé amiral dans l'armée russe.

La **Wadsworth Longfellow House (2)** *(adulte 3 $, enfant 1 $; juin à oct, mar-sam 10 h à 16 h, fermé 4 Juillet et fête du Travail; la galerie et la bibliothèque sont ouvertes toute l'année, mer-sam 12 h à 16 h; 485 Congress Street, ☎ 879-0427)*, bâtie par le grand-père du célèbre poète américain, a accueilli une famille très importante de Portland. En effet, Peleg Wadsworth s'est imposé comme un héros de la guerre d'Indépendance, et que dire de Henry Wadsworth Longfellow. Avec la Révolution américaine, bon nombre de fidèles à la Couronne britannique ont dû quitter le pays, laissant derrière eux leur emploi et leur source de revenus. Les familles Wadsworth et Longfellow ont su tirer parti de cette situation pour faire fortune à leur tour. Le musée aménagé dans la maison retrace l'enfance du poète et rappelle l'importance de Portland dans la culture américaine.

Il faut grimper quelque 100 marches pour atteindre le sommet du **Portland Observatory (3)** *(adulte 1,50 $, enfant 0,50 $; juin, sept et oct ven-dim 13 h à 17 h; juil et août mer, jeu et dim 13 h à 17 h, ven-sam 10 h à 17 h; 138 Congress Street, ☎ 772-5546)*, seul survivant des observatoires de l'Atlantique. On s'imagine les familles attendant impatiemment le retour des marins et scrutant éternellement l'horizon dans l'espoir d'apercevoir une voile au loin. Bâti en 1807, cet édifice octogonal offre une vue superbe sur la mer.

L'extérieur sévère du **Victoria Mansion (4)** *(adulte 4 $, enfant 1,50 $; juin à sept mar-sam 10 h à 16 h, fermé 4 Juillet et fête du Travail; fins de semaine sept à fin mai mer-sam 12 h à 16 h; 109 Danforth Street, ☎ 722-4841)* offre bien des surprises aux visiteurs. Ainsi, on retrouve à l'intérieur une ornementation très impressionnante. Avec des fresques en trompe-l'œil, des boiseries riches et du marbre, cette demeure est un des meilleurs exemples du luxe des années 1850. Construite selon les plans de Henry Austin, cette résidence appartenait à Rugles S. Morse, un homme originaire du Maine ayant fait fortune dans l'hôtellerie à La Nouvelle-Orléans. Comme ce dernier passait beaucoup de son temps en Louisiane, sa maison de Portland ne fut que très peu utilisée, ce qui explique l'état de préservation exceptionnelle dont elle bénéficie aujourd'hui.

En 1829, Neil Dow, qui, en 1851, fit ratifier la première loi prohibitionniste en Amérique, jouissait d'une prospérité confortable. Sa demeure, la **Neil Dow Memorial (5)** *(tlj 9 h à 16 h; 714 Congress Street, ☎ 773-7773)*, reflète cette richesse acquise pendant son mandat de maire de Portland et d'officier nordiste. Édifiée selon la tradition néo-classique, cette demeure est aujourd'hui entretenue par la Maine Women's Christian Temperance Union.

Fondé en 1882, le **Portland Museum of Art ★★ (6)** *(adulte 3,50 $, enfant 1 $; mar-sam 10 h à 17 h, jeu jusqu'à 21 h, dim 12 h à 17 h, fermé jour de l'An, Noël, 4 Juillet et Thanksgiving Day; 7 Congress Street, ☎ 775-6148, 761-ARTS ou 800-639-4067)* possède une impressionnante collection d'œuvres d'artistes américains dont Winslow Homer. Depuis 1991, la collection Joan Whitney Payson fait partie de la collection permanente du musée. Cette série se compose, entre autres, d'œuvres de Degas, de Renoir et même de Picasso.

Le **Children's Museum of Maine (7)** *(142 Free Street, ☎ 828-1234)* propose plusieurs jeux interactifs destinés aux enfants. L'exposition «Maine Street» comprend des parcs et des activités pour les plus jeunes. Il s'agit d'un bon endroit où passer un après-midi en famille.

Des années 1870 aux années quarante, le Maine faisait bande à part en ce qui a trait au réseau ferroviaire, ses rails espacés de seulement 60 cm étant en fait plus économiques. Il transportait les voyageurs dans les endroits les plus reculés du Maine. Avec le temps, ce mode de transport a malheureusement fait faillite. C'est alors qu'un millionnaire amoureux des *two-footers* a décidé d'acheter tout l'équipement afin de créer «Edaville». Cette attraction touristique majeure ferma ses portes en 1991 après une dispute au sujet d'un bail. Phineas Sprague, Jr., avec l'aide de quelques amis, ramena alors les installations et locomotives à Portland, et le **Maine Narrow Gauge Railroad Co. & Museum (8)** *(tlj 10 h à 16 h; 58 Fore Street, ☎ 828-0814)* vit le jour. L'exposition présente les éléments clés du système ferroviaire : des locomotives, des *cabooses* (wagons de queue) et une voiture Ford modèle *T* transformée en véhicule d'inspection. On peut y voir un court vidéo reconstituant les événements marquants de l'histoire de ces trains.

Reprenez l'autoroute I-95 vers l'est en direction de Freeport.

FREEPORT

Cette petite ville est maintenant synonyme de magasinage. Depuis près de 75 ans, le magasin L.L. Bean sert les amateurs de plein air jour et nuit, 365 jours par année. Devenu une institution en Nouvelle-Angleterre, ce détaillant a attiré, en plus des acheteurs, toute une vague de magasins renommés, comme Gap, Polo Ralph Lauren et Calvin Klein. Mais Freeport a plus que des aubaines à offrir.

Cette petite ville, à l'est de Portland, est devenue un important centre naval dans les années qui ont suivi la guerre de Sécession. Par la suite, la ville a acquis une bonne réputation dans la pêche au maquereau et, plus tard, dans la production de chair de crabe. Enfin, vous verrez, au centre du village, une architecture coloniale admirablement préservée.

Situé à quelques kilomètres à l'extérieur de la ville, le **Desert of Maine** *(visites guidées, adulte 4,75 $, enfant 2,75 $, aîné 2,25 $; mi-mai à mi-oct, 9 h au coucher du soleil; Desert Road, ☎ 865-6962)* en surprendra plus d'un. Le site se trouve sur une ancienne ferme dont on a abusé du sol et qu'on a, plus tard, transformée en chantier de coupe de bois. Avec le temps et l'érosion, les sables datant de la période glaciaire ont pris le dessus et se sont répandus jusqu'à engloutir des arbres entiers. La composition minérale particulière du sol l'a rendu inutilisable à des fins commerciales. Des visites guidées sont organisées, et près de 40 ha de territoire sont ouverts à la randonnée pédestre. Vous pourrez également y visiter un petit «musée du sable» et y faire du camping.

ACTIVITÉS DE
PLEIN AIR

A vec l'Atlantique qui vient battre sa côte, le Maine a beaucoup à offrir aux amateurs de plein air. De la simple baignade à la pêche en haute mer, en passant par l'observation d'oiseaux, ce chapitre dresse une liste des principales activités de plein air que l'on peut pratiquer dans le sud du Maine. Alors, attachez bien vos bottes, préparez vos pagaies, sortez votre maillot et partez explorer tous les sentiers qui mènent aux plages de la côte du Maine.

 BAIGNADE

Si vous êtes habitué aux mers chaudes des Caraïbes, le Maine vous réserve une petite surprise. En effet, la température de l'eau oscille entre 12 °C et 17 °C, et dépasse rarement les 20 °C. C'est froid. Cela dit, lorsque le soleil réchauffe la plage à près de 35 °C à l'ombre, un peu de fraîcheur fait beaucoup de bien...

Cependant, même si l'eau est froide, les plages sont belles. Imaginez des kilomètres de sable doux où brillent, tôt dans la matinée, les rayons mauves, orangés et jaunes du soleil. On s'y retrouve amicalement pour les tournois de frisbee, les olympiques du ballon de plage ou encore pour un cours d'architecture contemporaine des châteaux de sable de la région d'Ogunquit-sur-Loire...

Les plages du Maine, sises au creux d'une baie ou défiant simplement l'océan, vous enchanteront sans aucun doute. Chacune d'elles et les installations dont elles disposent sont présentées en détail dans le chapitre «Attraits touristiques» de cet ouvrage.

 OBSERVATION D'OISEAUX

Plusieurs organismes tels que le Rachel Carson's National Wildlife Refuge veillent à créer des espaces où les animaux seront respectés. On retrouve sur la côte du Maine plusieurs groupes de la sorte qui assurent la sauvegarde de parcs marins. Ces derniers, en plus d'offrir un habitat aux animaux aquatiques, voient une pléiade d'oiseaux élire domicile chez eux.

Les amateurs d'ornithologie prendront plaisir à se balader dans leurs sentiers aménagés. Bien qu'il ne s'agisse pas de l'Amazonie, vous pourrez observer une grande quantité d'oiseaux marins ainsi que les volées d'oiseaux migrateurs qui s'y arrêtent au printemps et en automne.

Ogunquit

La **Wells National Estuarine Research Reserve at Laudholm Farm** *(stationnement 5 $; tlj 8 h à 17 h; Laudholm Road, ☎ 646-1555)* est divisée en deux parties. La première, **Laudholm Farm,** un ancien domaine appartenant à la famille Lord, est aujourd'hui aménagée en centre d'interprétation de la nature. On y trouve une petite exposition, une salle de projection de diapositives, des toilettes et un stationnement. À cet endroit débutent près de 12 km de sentiers de randonnée survolés par les oiseaux. La seconde partie, **Laudholm Trust,** propose sensiblement la même chose à travers des excursions guidées sur les sentiers. Arrivez tôt dans la matinée, alors qu'on n'y compte que quelques visiteurs.

Un peu moins impressionnant, surtout à cause de sa situation géographique le long de la route 9, le **Rachel Carson National**

Wildlife Refuge *(entré libre; du lever au coucher du soleil; route 9,* ☎ *646-9226)* propose une courte randonnée de 1 km à travers un sous-bois de pins ponctué d'étangs. On peut y observer plusieurs espèces d'oiseaux et de poissons. Bien qu'il fasse bon s'y promener, le site est légèrement aseptisé et, surtout, trop populaire.

Freeport

La **Pettengil Farm** *(*☎ *865-3170)* surplombe le Harraseeket Estuary. Vous y trouverez des sentiers pédestres sillonant autour d'un marais salant.

 VÉLO

La côte du Maine est une région qui se prête à merveille aux randonnées cyclistes. En suivant la route US1, vous serez amené à voir toutes les magnifiques baies et villages qui parsèment la côte. De plus, comme il s'agit d'une plaine côtière, vous n'aurez pas à affronter d'ascensions interminables. Une seule ombre au tableau : la circulation qui a tendance à devenir très dense en période de pointe.

Si vous ne voulez pas ou ne pouvez pas emporter votre vélo, il est facile d'en louer un sur place. Voici quelques adresses susceptibles de vous aider :

Ogunquit

Classic Bikes
☎ 646-7909

Wheels and Waves
☎ 646-5774

Les Kennebunks

Cape-Able Bike Shop
☎ 967-5181

Portland

Portland Recreation
☎ 874-8793

Forest City Mountain Bike Tours
☎ 780-8155

 CROISIÈRES

Que diriez-vous d'une aventure à bord d'un voilier, le roulis rythmant votre voyage? Eh bien, c'est possible, même pour ceux qui n'ont pas de bateau. Nombre de firmes organisent des croisières à bord de différentes embarcations, qu'il s'agisse de vieux voiliers du début du siècle ou de bateaux de croisière cinq étoiles. Les prix varient selon l'embarcation et la durée du séjour à bord.

Ogunquit

Fineskind
P.O. Box 1828
Départ du Barnacle Billy's Dock, à Perkin's Cove
☎ 646-5227

The Bunny Clark
P.O. Box 837
Départ du Town Dock, à Perkin's Cove
☎ 646-2214

Les Kennebunks

(voir «Pêche en haute mer», plus bas)

Elizabeth 2
☎ 967-5595
(mai à oct)
Excursions guidées d'une durée de 1 heure 30 min sur la rivière
Kennebunk et le long de la baie jusqu'au Cape Porpoise.

Portland

Plusieurs entreprises organisent des croisières à travers les îles
de la baie de Casco. On y dénombre entre 136 et 222 îles
(personne n'est d'accord sur le nombre exact), chacune ayant
son mélange d'attraits architecturaux et de petits villages de
pêcheurs.

Casco Bay Lines
Casco Bay Ferry Terminal
56 Commercial Street
☎ 774-7871

Bay View Cruises
Fisherman's Wharf
☎ 761-0497

Eagle Tours
Long Wharf
☎ 774-6498 ou 799-2872

Freeport

Avatrice
Freeport Sailing Adventures
P.O. Box 303
☎ 854-6112
Départ du Freeport Town Wharf
(juin à mi-oct)

Atlantic Seal
25 Main Street, P.O. Box 146
South Freeport
ME 04078
☎ 865-6112
Départ du Town Wharf
(mai à oct)

 ## PÊCHE EN HAUTE MER

La brume se lève doucement sur la baie. On entend les pas lourds des pêcheurs qui s'avancent sur le quai. Un à un, les moteurs des bateaux commencent à vrombir, brisant le miroir marin. En s'approchant un peu, on remarque les traits durs, gravés par l'air salin, des pêcheurs de homards qui préparent leur journée.

Et si vous deveniez, pour une journée seulement, pêcheur de homards? Plusieurs pêcheurs prennent des voyageurs à bord et les guident le long de la côte pour une excursion au cours de laquelle ils lèveront les casiers à homards. Il s'agit d'une belle expérience, fortement recommandée. Essayez de choisir un petit bateau afin de mieux apprécier toute l'opération.

On peut aussi aller à la pêche traditionnelle en haute mer. À partir des ports de York, d'Ogunquit et de Kennebunk, vous trouverez des bateaux pour vous emmener aux meilleurs endroits. Vous pourrez pêcher entre autres le maquereau, le requin et la goberge. Faites cependant attention à leurs histoires de gros poissons; après tout, ce sont des pêcheurs...

Kittery

Content
8 Forest Avenue
Eliot
☎ 439-5233
Départ de Seaview Lobster
(juin à fin sept)

Les Yorks

F.V. Blackback
Seabury Charters Inc,
P.O. Box 218
York
ME 03909
☎ 363-5675
Départ du Town Dock n° 2
(mai à oct)

The Boat
Excursions de pêche aux homards
10 Organug Road
York Harbor
ME 03909-1306
Départ du Town Dock n° 2
(juin à sept)

Shearwater
P.O. Box 472
Départ du Town Dock n° 2
☎ 363-5324

Ogunquit et Wells

MS Lainey
Bluefishing Plus
P.O. Box 1211
☎ 646-5046
Départ de Perkins Cove
(15 mai au 1er oct)

Ugly Anne
P.O. Box 863
☎ 646-7202
Départ de Perkins Cove
(mai à oct)

Les Kennebunks

Deep Water
Cape Arundel Cruises
P.O. Box 2775
Départ de l'Arundel Boatyard,
By-the-Bridge
(mai à sept)

Nereus
4 Western Avenue
☎ 967-5507
Départ du quai qui se trouve
sur place
(mai à oct)

Portland

Devil's Den
P.O. Box 272
Scarborough
ME 04070-0272
☎ 761-44766
Départ de la DiMillo's Marina
(avril à mai tlj)

 KAYAK DE MER

Il faut vraiment faire l'expérience de ce sport qui permet de s'approcher des animaux sans les effrayer. Il est bien important de connaître la différence entre le kayak de rivière et le kayak de mer. Le premier est une embarcation nerveuse et très peu stable, idéal pour affronter des rapides en rivière. Le second offre complètement l'inverse par sa stabilité et son confort. Conçu pour affronter les vagues et les fluctuations de la mer, ce petit véhicule marin permet une grande manœuvrabilité. On peut donc s'aventurer tant dans les petites baies qu'en haute mer.

Il est fortement recommandé de prendre un cours d'initiation avant de se lancer à l'assaut des flots. Le détaillant d'articles de plein air L.L Bean de Freeport organise deux événements qui sauront plaire aux amateurs de tout acabit. Le **L.L Bean Sea Kayaking Symposium**, au début de juillet, et le **L.L. Bean Coastal Kayaking Workshop**, au début d'août, proposent des ateliers de formation tant pour les débutants que pour les experts. Également, la plupart des entreprises organisant des excursions de kayak de mer propose un stage d'initiation. Pour les kayakistes expérimentés, ces mêmes entreprises organisent des excursions en groupe de plusieurs jours. Ils vous guident à travers les îles qui ponctuent la côte du Maine.

Kennebunkport

Kayak Adventures
P.O. Box 943
ME 04046
☎ 967-5243

Portland

Maine Island Kayak Co.
70 Luther Street
Peak Island
☎ 766-2373 ou
800-769-2373

Maine Waters
76 Emery Street
ME 04102
☎ 871-0119

Nurumbega Outfitters
58 Fore Street
☎ 773-0910

 OBSERVATION DE BALEINES

Comme dans la majeure partie des autres régions du nord-est de l'Amérique, le printemps voit arriver les bancs de baleines. Ainsi nagent côte à côte la gamme des rorquals (rorqual commun, rorqual bleu) et plusieurs autres espèces de baleines. L'un des points les plus fréquentés est le **Jeffrie's Ledge,** situé à quelque 30 km de Kennebunkport. Nul besoin de vous dire que la région des Kennebunks compte une multitude d'embarcations qui quittent le port chaque matin, ayant pour objectif l'observation de baleines.

Si vous avez le mal de mer, assurez-vous de monter à bord d'un bateau à plus grande portée ou de vous y rendre par un matin où la mer est calme. Il s'agit d'une très belle excursion, et vous pourrez apercevoir beaucoup de baleines.

Les Kennebunks

Nautilus Whale Watch
P.O. Box 2775
Départ du Boatyard-by-the-bridge
☎ 967-0707
(mai à oct)

Indian Whale Watch
Départ de l'Arundel Wharf Restaurant
☎ 967-5912
(juil à oct)

The Lion
Départ de la Nonantum Hotel Marina
☎ 967-2921

 PLONGÉE SOUS-MARINE

L'exploration marine de la côte du Maine constitue une expérience extraordinaire. Quelques heures passées dans le silence des profondeurs marines réussiraient à calmer les plus stressés. Au creux des petites baies qui pullulent le long de la côte, vous trouverez une mine de merveilles fabuleuses.

York

York Beach Scuba
Railroad Avenue
☎ 363-3330

 RANDONNÉE PÉDESTRE

Vous ne trouverez pas, sur la côte du Maine, de montagnes impressionnantes ni de longs sentiers de randonnée en forêt. Cependant, les amateurs de paysages marins seront ravis par les multiples petites excursions que l'on peut y faire. En plus, les différentes réserves, comme celles bordant les estuaires, sont sillonnées de sentiers pédestres, parfaits pour les amateurs de randonnée facile ou pour les enfants.

York

Le **Mount Agamenticus** *(entrée libre; tlj, du lever au coucher du soleil; accès par Mountain Road, via la route US1, ☎ 363-1040)*, avec ses modestes 200 m d'élévation, constitue malgré tout le plus haut «sommet» de la côte atlantique entre York et la Floride. Un petit sentier mène tout en haut et offre une vue imprenable sur la «chaîne présidentielle» (Presidential Range) et l'océan Atlantique.

Wells

Wells National Estuarine Research Reserve at Laudholm Farm (voir p 78).

Rachel Carson National Wildlife Refuge (voir p 78).

Ogunquit

Long de plus de 1 km, le **Marginal Way** suit la plage à partir du centre-ville jusqu'au quai de Perkins Cove. Ce don de Josiah Chase, effectué dans les années vingt, offre aux visiteurs une exquise rencontre avec la mer.

Les Kennebunks

Située à quelques centaines de mètres à l'est de Kennebunk-port, la presqu'île de la **Vaughn's Island Preserve** (on y accède à pied 3 heures avant ou 3 heures après la marée haute) vous permet de suivre des sentiers de randonnée au cœur d'une futaie.

Le **Scarboraugh Marsh Nature Center** *(mi-juin à sept 9 h 30 à 17 h 30; Pine Point Road, ☎ 883-5100)* constitue le plus gros marais salant du Maine. On peut y faire du canot ainsi que de la randonnée pédestre sur des sentiers.

Prouts Neck

Le **Prouts Neck Cliff Path and Wildlife Sanctuary** vous donne la possibilité d'emprumter le sentier parcouru par le peintre Winslow Homer entre les falaises et la mer. Le sentier commence juste après le Black Point Inn et suit la côte par delà Eastern Point pour revenir vers l'auberge. Vous pouvez visiter le **studio** *(juil et août 10 h à 16 h; vous verrez une pancarte affichant «studio» sur une bâtisse adjacente à une maison privée)* où il a créé cet univers de mouvements et de guerre entre les hommes et la mer.

Portland

Plusieurs sentiers ont été aménagés dans le **Gilsland Farm Sanctuary** *(entrée libre; tlj, du lever au coucher du soleil; 118 route US1, Falmouth Foreside, ☎ 781-2330).*

Datant de 1814, le **Fort Allan Park** défie paisiblement le vent du haut de sa colline. On accède également à l'**Eastern Promenade,** dessinée par Frederick Law Olmsted. Il s'agit du même architecte qui a gratifié Boston de son Emerald Necklace, New York du désormais célèbre Central Park et Montréal du parc du Mont-Royal. Cette promenade représente une excellente façon de découvrir la richesse architecturale de Portland. Il en est de même pour la **Western Promenade,** qui offre le même attrait avec, en plus, une vue sur la rivière Fore.

HÉBERGEMENT

Que diriez-vous d'une escapade amoureuse dans une maison victorienne aménagée en gîte touristique? On s'y réveille doucement à l'arôme d'un café et du petit déjeuner en préparation. Et puis non, vous décidez de rester au lit. Au diable le temps, c'est les vacances. Ou peut-être préférez-vous une semaine (ou deux) au bord de la mer avec toute la famille? Vous pourriez y écrire le récit épique des valeureux chevaliers qui combattent farouchement pour leur dame aux alentours des multiples châteaux de sable de la région. Enfin, tout est possible...

La bande côtière du Maine a de quoi satisfaire tous les voyageurs, que vous voyagiez en limousine ou en autobus. On y retrouve plus ou moins quatre formules d'hébergement : le camping, les motels, les gîtes touristiques et les établissements de luxe. Pour ce qui est des campings et des motels, vous les retrouverez surtout en bordure de la route US 1. Malheureusement, on doit déplorer la piètre qualité des ces endroits puisqu'ils sont, pour la plupart, désuets et tristes. L'avantage principal de ces choix en est évidemment le prix. Alors qu'au centre-ville une chambre d'hôtel convenable coûte entre 75 $ et 100 $US, il vous en coûtera 50 $ pour un motel ou 15 $ pour un camping. Ils sont très faciles à trouver. Comme tous ont plus ou moins les mêmes caractéristiques, ce guide répertorie seulement les établissements qui affichent des indices de confort et de qualité supérieurs.

La catégorie suivante s'avère nettement meilleure par son rapport qualité-prix. On y retrouve une pléiade de gîtes touristiques. Il s'agit souvent de maisons anciennes, gérées par les propriétaires et possédant toutes un charme et un caractère particuliers. L'accueil est chaleureux, le petit déjeuner délicieux, et les chambres sont très confortables.

Enfin, les hôtels de grand luxe se ressemblent tous, à quelques différences près. La plupart ont un restaurant et une piscine chauffée, et une vaste gamme d'activités y sont organisées. Il va sans dire que le confort est de mise et l'accueil formel. Cependant, ces établissements ont tendance à élever leur prix, souvent dans des proportions indécentes.

À cela, n'oubliez pas d'ajouter la taxe de vente de 6 % qui s'applique à tous les produits et services de la région.

 KITTERY

Admirablement bien situé sur Kittery Point, le **Whaleback Inn** *(55 $-65 $ pdj; P.O. Box 162, Pepperrell Road, ME 03905, ☎ 439-9570)* plaira sans aucun doute aux amants de la tranquillité. Chacune des chambres est décorée selon un thème particulier : Queen Anne, les Amérindiens et les jouets. Vous apprécierez également la vue sur la baie de Kittery et Portsmouth. Servi à l'étage, le petit déjeuner à la française, quoiqu'il soit simple, inaugure bien une journée.

Le **Gundalow Inn** *(80 $-105 $; bp, ⊛; 6 Water Street, ME 03904, ☎ 439-4040)* est une magnifique maison victorienne transformée en gîte touristique. On se laisse facilement charmer par une des six chambres et par la vue sur la rivière Piscataqua. Enfin, le confort, l'accueil formidable et la grande qualité du petit déjeuner font de ce gîte une adresse à retenir à Kittery.

Le gîte touristique **Enchanted Nights** *(47 $-135 $; route 103, 29 Wentworth Street, ME 03904-1720, ☎ 439-1489)* est une autre maison victorienne rénovée avec goût. L'accueil simple et sans prétention du gentil couple californien propriétaire de l'endroit s'avère toujours apprécié.

 YORK HARBOR

L'après-midi venu, à la **Canterbury House** *(65 $-110 $ pdj; bp; route 1A, P.O Box 881, ME 03911, ☎ 363-3505),* on sert le thé. Imaginez ces douces journées d'été alors que l'air frais de la mer vient à peine sécher la sueur qui perle sur votre cou, tandis que vous êtes assis à l'ombre sur le balcon, à regarder les allées et venues des bateaux dans le port de York Harbor. Voilà ce que propose ce gentil petit gîte. Au sortir d'une agréable nuit, on vous offre le choix entre petit déjeuner complet ou à la française.

Attendant patiemment sur son humble colline, le **Bell Buoy** *(70 $-85 $; P.O. Box 445, 570 York Street, route 1A, ME 03911-0445, ☎ 363-7264)* vous accueille simplement. Le service amical et courtois de la propriétaire cadre à merveille dans cette maison victorienne du début du siècle. Dans cet environnement boisé, on apprécie particulièrement le balcon qui surplombe le village de York ainsi que l'ambiance détendue qui y règne. Les chambres, de dimensions moyennes, représentent de bonnes options économiques.

L'accueil chaleureux et enjoué que l'on reçoit à l'**Inn at Harmon Park** *(69 $-99 $ pdj; bp, ≡, ⊗; 415 York Street, P.O. Box 495, ME 03911, ☎ 363-2031, ⬲ 351-2948)* fait partie des habitudes de la maison. Les propriétaires ayant reconverti cette maison victorienne bâtie à la fin du XIXᵉ siècle comptent près de 10 ans d'expérience à titre d'hôtes, et cela se voit. On se réveille doucement pour descendre vers la terrasse où attend un bon petit déjeuner à la française. Que demander de plus?

Le gîte touristique **Rivermer** *(75 $-100 $; bp; 45 Varrell Lane, P.O. Box 141, ME 03911, ☎ 363-5470, ⬲ 363-3268)* est un excellent choix dans la région. Ses deux chambres sont relativement grandes, et l'accueil est fantastique. On y appréciera particulièrement la vue sur le port et le magnifique jardin aménagé devant la maison.

Situé à quelques pas de la plage, l'**Edward's Harborside Inn** *(90 $-210 $ pdj; bp; P.O. Box 866, Stage Neck Road,*

ME 03911, ☎ 363-3037) accueille les visiteurs dans une de ses 10 chambres, allant de la chambre pour deux personnes à la suite très luxueuse. Occupant une maison victorienne datant du début du siècle, cette auberge est agréablement décorée; le service courtois y est apprécié. De plus, le petit déjeuner à la française, servi dans le solarium, vous réveille doucement au rythme matinal de cette ville rutilante.

Décidément l'un des plus beaux établissements hôteliers de la région, le **York Harbor Inn** *(99 $-195 $; bp, ℛ, tv; route 1A, P.O. Box 573, ME 03911, ☎ 800-343-3869 ou 363-5119, ≈ 363-3545)* allie luxe et bon goût. Fière d'une tradition d'excellence depuis près de 100 ans, cette auberge réussit à charmer les visiteurs année après année. Vous remarquerez l'ameublement composé d'antiquités ainsi que la décoration de bon ton. Chacune des 36 chambres a un charme particulier qui confère au York Harbor Inn une atmosphère bien à lui.

Le **Dockside Guest Quarters** *(105 $-150 $; bp, ℛ; tv; Harris Island, P.O. Box 205, ME 03909, ☎ 363-2868)* se situe en retrait du port de York Harbor. Le complexe, constitué d'un édifice principal et de plusieurs appartements, représente un choix hors pair pour les amants de la tranquillité. On y retrouve le confort et l'isolement nécessaires à la relaxation complète, sans perdre les avantages du village de York, avec tous ses attraits et la plage. L'édifice principal, bâti au milieu du siècle et récemment rénové, se compose de quatre chambres surplombant le port. Pour ce qui est des studios, ils peuvent accueillir trois ou quatre personnes dans un bon confort. Une très bonne adresse dans la région.

Établi à l'embouchure de la rivière York, le **Stage Neck Inn** *(135 $-205 $; bp, ℛ, tv; P.O. Box 70, ME 03911, ☎ 800-222-3238 ou 363-3850)*, quoiqu'il soit très huppé, propose toutes les installations communes aux établissements de luxe. Les chambres, sans charme particulier, s'avèrent confortables. Le service, froid et anonyme, est à la hauteur des grands établissements.

YORK BEACH

Le **Lighthouse Inn and Carriage House** *(95 $-150 $; bp, ℛ, tv; P.O. Box 249, Nubble Road, ME 03910, ☎ 800-243-6072 ou 363-6072)* combine un bon rapport qualité-prix et un emplacement avantageux. Il s'agit de la rencontre entre un grand hôtel et une petite auberge. Un très bon choix pour la famille.

Malgré son allure rébarbative de monstre défiant la mer, **The Anchorage Inn** *(107 $-265 $; bp, ℛ, tv; P.O. Box 265, Long Beach Avenue, ME 03910, ☎ 363-5112)* offre un bon rapport qualité-prix. Les chambres se suivent et se ressemblent selon le prix et les installations, mais elles sont toutes propres et confortables. Cet établissement représente un très bon choix pour les voyageurs à la recherche d'un hôtel bien situé, à prix abordable et où les enfants sont les bienvenus.

Bien que les chambres soient légèrement chères, l'**Union Bluff Hotel** *(118 $; bp, ℛ; Beach Street, P.O. Box 1860, ME 03910, ☎ 363-1333 ou 800-833-0721)* rafle la palme pour son identité bien particulière. Haut de quelques étages, cet édifice blanc rappelle les vieux hôtels des films des années cinquante. Les chambres modestes, mais confortables, offrent une agréable vue sur la mer.

OGUNQUIT

Situé au cœur de l'action à Ogunquit, l'**Old Village Inn** *(65 $-85 $; bp, tv; 30 Maine Street, ME 03907, ☎ 646-7088)* offre un excellent rapport qualité-prix. La décoration est juste et sans artifice, alors que les chambres sont de dimensions quelque peu restreintes. Le service courtois et aimable est plus qu'apprécié.

Ne vous laissez pas effrayer par l'apparence de l'**Aspinquid** *(110 $-125 $; tv, bp; Beach Street, P.O. Box 2408, ME 03907, ☎ 646-7072, ≈ 646-1187)*, car on y trouve plusieurs choix intéressants. Ainsi, vous avez la possibilité de louer studios ou appartements, ou encore des chambres à prix raisonnables, le tout à quelques minutes de la plage. Le service est froid, mais les chambres sont confortables.

L'ambiance éclectique du **Yellow Monkey** *(65 $-95 $ pdj; bp; 168 Maine Street, P.O. Box 478, ME 03907, ☎ 646-9056)* plaira aux amateurs de fête. Les chambres confortables, mais sans luxe, offrent un bon rapport qualité-prix. L'accueil souriant et aimable du propriétaire est toujours apprécié.

En entrant à la **Nellie Littlefield House** *(140 $-185 $; bp; tv; 9 Shore Road, ME 03907, ☎ 646-1692)*, on croirait remonter le temps. La simplicité de l'accueil, la qualité et le confort des chambres, et une petite touche bien spéciale confèrent à ce gîte touristique une personnalité bien à lui.

Le **Seacastle Resort** *(115 $-190 $; bp; tv; 42 Shore Road, P.O. Box 816, ME 03907, ☎ 646-6055)* offre un excellent rapport qualité-prix. Situé au cœur d'Ogunquit et à quelques minutes de Perkin's Cove, cet établissement s'avère idéal pour les familles et les voyageurs à la recherche d'une chambre à prix abordable.

Le grand complexe hôtelier **Colonial** *(73 $-95 $; bp; tv; ☎ 646-5191 ou 800-233-5191)* propose une solution intermédiaire raisonnable par rapport aux prix toujours plus hauts des autres établissements. Les chambres sont sans surprise mais confortables. On peut également y louer de petits appartements tout équipés ou des studios. Une bonne adresse pour son rapport qualité-prix.

 KENNEBUNK

C'est dans un ancien cabinet de médecin qu'est établi le **Kennebunk Inn** *(85 $-140 $; bp; 45 Main Street, route US 1, ME 04043, ☎ 985-3351 ou 800-743-1799)*. L'ambiance feutrée, les meubles anciens et la décoration raffinée rendent admirablement gloire au passé de l'édifice. Les chambres sont confortables mais peu spacieuses. Enfin, il fait bon y terminer la journée devant un bon scotch *«from the old country»*.

KENNEBUNKPORT

Situé au coeur de Kennebunkport, l'**English Meadows Inn** *(88 $-135 $ pdj; bp, ℂ; 141 Port Road, ME 04043, ☎ 967-5766 ou 800-272-0698)* accueille les visiteurs dans une ferme victorienne réaménagée en gîte touristique. La décoration composée d'antiquités agencées dans la plus pure tradition de la Nouvelle-Angleterre définit bien la personnalité de cet établissement. Les chambres spacieuses sont réparties entre les deux maisons, chacune ayant un charme particulier. Alors que celles qui se trouvent dans la maison principale sont plus belles et plus luxueuses, les petits studios de la seconde maison conviendront davantage aux familles puisqu'ils sont équipés d'une cuisinette.

Faisant face au port de Kennebunkport, le **Green Heron Inn** *(85 $-135 $; 126 Ocean Avenue; P.O. Box 2578, ME 04046, ☎ 967-3315)* offre un bon rapport qualité-prix. L'accueil informel et amical combiné aux chambres, sans luxe mais confortables, confère à ce gîte touristique toute sa valeur.

Le **King's Port Inn** *(89 $-175 $ pdj; bp; P.O. Box 1172, ME 04046, ☎ 800-286-5767, ≠ 967-4810)* offre un confort acceptable ainsi qu'un emplacement avantageux, à quelques pas du Dock's Square. Les chambres, sans éclat, s'avèrent convenables. Il s'agit d'un bon choix pour les personnes à la recherche d'une adresse à prix abordable et bien située.

Occupant une maison d'architecture fédérale datant de 1813, le **Captain Fairfield Inn** *(85 $-135 $; bp; à l'angle des rues Pleasant et Green, P.O. Box 1308, ☎ 967-4454)* brille par la qualité de son service. On y retrouve des chambres confortables, agréablement décorées d'antiquités et de divers objets rappelant l'époque des grands marins. Informez-vous sur les différentes réductions proposées selon les saisons.

Outre la beauté de l'établissement, au **Maine Stay** *(125 $-185 $; bp, tv; P.O. Box 500A, 24 Maine Street, ME 04046, ☎ 967-2117 ou 800-950-2117, ≠ 967-8757)*, c'est l'incroyable qualité de l'accueil qui prime. Ce gîte touristique aménagé dans une maison datant de 1860 charmera les visiteurs les plus sceptiques.

Avec ses allures de salon anglais, on s'attend à un peu plus au **Kennebunkport Inn** *(89 $-219 $; bp, ℛ, tv; P.O. Box 111, Dock Square, ME 04046, ☎ 967-2621 ou 800-248-2621)*. L'accueil est courtois et aimable, mais la qualité des chambres s'avère décevante en regard de leur prix. Elles sont malgré tout très confortables, et la proximité du Dock Square et de tous les avantages du centre-ville est un attrait de taille.

Composée de chambres plus belles les unes que les autres, le **Captain Lord Mansion** *(150 $-220 $; bp, tv; P.O. Box 800, MA 04046-0800, ☎ 967-3141, ⚏ 967-3172)* fait également partie de ces maisons de capitaine reconverties en gîte touristique. La décoration de facture classique saura en impressionner plus d'un. On peut cependant déplorer la taille des chambres qui, bien qu'elles soient très confortables, demeurent relativement petites.

Membre de la prestigieuse association des Relais et Châteaux, le **White Barn Inn** *(140 $-320 $ pdj; bp, ℛ, tv; Beach Street, P.O. Box 560 C, ME 04046, ☎ 967-2321, ⚏ 967-1100)* figure parmi les établissement les plus luxueux de la région. Les chambres confortables, la décoration composée d'antiquités ainsi que le service attentionné le font bénéficier d'une renommée internationale.

Il ne faut pas s'attendre à de grandes surprises au **Seaside Motor Inn** *(148 $-168 $ pdj; bp, tv; Gooch's Beach, P.O. Box 631, ME 04046-0631, ☎ 967-4461)*. Les chambres, à la décoration désuète, sont simples, mais malgré tout confortables. Essayez d'en obtenir une avec vue sur la mer, ce qui représente le seul véritable avantage de cet hôtel.

 KENNEBUNK BEACH

Le **Sundial Inn** *(106 $-156 $ pdj; tv; 48 Beach Street Avenue, P.O. Box 1147, ME 04043, ☎ 967-3850, ⚏ 967-4719)* rassurera les voyageurs à la recherche d'une bonne adresse à prix abordable. Il fait bon s'attarder sur le balcon pour admirer le mouvement de la mer, qui lui fait face. Les chambres, en général peu spacieuses, offrent un bon confort. On apprécie également la salle de séjour, où règne un foyer particulièrement agréable les soirs d'automne.

Un peu plus loin sur Beach Avenue, c'est avec le sourire qu'on vous accueille à l'**Ocean View** *(150 $-195 $ pdj; bp; 72 Beach Avenue, ME 04043, ☎ et ⚏ 967-2750)*. Alors que Carole et Micheline s'assurent de votre satisfaction au petit déjeuner, Bob saura puiser dans sa mine de choses à voir et à faire, afin de vous trouver l'activité idéale pour ces belles journées dans le Maine. Les chambres de la maison principale sont pleines de charme et de cachet, alors que les suites du second bâtiment, l'Ocean View Too, s'avèrent plus spacieuses et modernes. Enfin, quelle que soit la chambre que vous choisirez, vous êtes certain d'y faire un séjour mémorable.

 CAPE PORPOISE

Quelquefois, lors de la recherche pour un guide de voyage comme celui-ci, l'auteur se voit pris par surprise au détour d'une route de campagne ou encore au creux d'une baie. Le gîte touristique **Inn at Harbor Head** *(170 $-250 $ pdj; bp; 41 Pier Road, ME 04046-6919, ☎ 967-5564, ⚏ 967-1294)* figure parmi les endroits les plus charmants visités par l'auteur du présent ouvrage. L'accueil chaleureux et attentionné, la qualité du petit déjeuner et le confort incontestable des chambres assurent aux visiteurs un séjour mémorable. Ajoutez à cela le calme et la tranquillité du village de Cape Purpoise, et vous êtes au cœur d'une fraction de paradis.

 SACO

Bâti en 1827 selon la tradition néo-classique, le **Crown 'n' Anchor Inn** *(65 $-85 $ pdj; bp; P.O. Box 228, ME 04072-0228, ☎ 282-3829)* a été admirablement rénové. Chacune des six chambres offre un excellent rapport qualité-prix. Remarquez le travail considérable de décoration de cet établissement, tout à fait extraordinaire. Prenez deux minutes de votre temps pour demander à votre hôte de vous raconter l'aventure de l'acquisition de ce gîte touristique.

OLD ORCHARD

La région d'Old Orchard regorge d'hôtels et de motels de tout acabit. Malheureusement, avec les années, nombre d'entre eux n'ont pas su déployer les efforts nécessaires afin de maintenir leur établissement à un niveau de qualité acceptable. Au moment de choisir une chambre, surtout si vous décidez de vous rendre sur place sans réservation, il est fortement conseillé de visiter la chambre au préalable. Aussi, la présence des voies ferrées qui traversent le village est un autre élément à garder en tête lors de votre choix d'établissement, car les nuits peuvent être longues si vous êtes constamment dérangé.

Puisque plusieurs voyageurs recherchent des terrains de camping, voici quelques adresses susceptibles de vous satisfaire. Comme le camping est très populaire dans la région, il est fortement recommandé de réserver avant de vous rendre sur place.

Bailey's Camping Resort : Route 9 W., Scarborough, ☎ 883-6043.

Powder Horn Family Campground : Cascade Road, ☎ 934-4733 ou 800-934-7038.

Old Orchard Beach Campground : route 5, Ocean Park Road, ME 04064, ☎ 934-4477.

Wagon Wheel Campground & Cabins : 3 Old Orchard Road, ME 04064, ☎ 934-2160.

À quelques pas de la plage se trouve le **Point of View Inn** *(40 $-65 $ pdj; 3 Camp Comfort Avenue, ME 04064, ☎ 934-2373)*. Simplement décoré avec goût, ce petit gîte touristique propose des chambres confortables, mais sans grande originalité, dans une ambiance chaleureuse.

Par contraste avec les «motels douteux», on retrouve également dans la région quelques lieux d'hébergement alliant charme et confort. La **Carriage House** *(50 $-110 $ pdj; bp; 24 Portland Avenue, ME 04064, ☎ 934-2141)* est une maison victorienne composée de huit chambres agréablement meublées. On peut aussi y louer un appartement de cinq chambres (le prix varie selon le nombre d'occupants). Le service courtois et aimable, ainsi que la qualité du petit déjeuner, assurent un bon séjour.

Toujours dans la tradition des maisons victoriennes reconverties en gîte touristique, l'**Atlantic Birches Inn** *(59 $-120 $ pdj; bp; 20 Portland Avenue, ME 04064,* ☎ *934-5295)* se compose de six chambres confortables et bien décorées. C'est à l'ombre des bouleaux que l'on peut, le matin venu, déguster un bon café avant d'aller attaquer les vagues et la plage de cette Mecque de la baignade qu'est Old Orchard Beach.

Sis sur la plage, le **Beachfront Condotel** *(80 $-175 $; bp,* ⊛, *C, tv; 1 Walnut Street, ME 04064;* ☎ *934-7434)* propose aux visiteurs des suites, des studios et des appartements. Chacun des logements spacieux offre un excellent confort. Il s'agit d'un choix idéal pour les familles, puisque tous sont équipés d'une cuisinette.

Bien situé, à quelques minutes de marche de la plage et du Pier, l'**Americana Motel** *(85 $-125 $; bp, tv; à l'angle des rues First et Heath, ME 04064,* ☎ *934-2292 ou 800-656-9662)* propose une série de chambres semblables les unes aux autres, mais propres et bien tenues. Les enfants sont les bienvenus, les moins de 16 ans y étant reçus gratuitement. Une bonne adresse à prix abordable.

Également situé le long de la plage, le **Grand View** *(65 $-195 $; bp,* ⊛, *tv; 189 East Grand Avenue, ME 04064,* ☎ *934-4837 ou 934-5600)* est un amalgame de condominiums, d'appartements et de chambres pour deux personnes. Chacun des logements est confortable et très pratique, avec une décoration moderne sans grande personnalité.

Bâti dans la plus pure tradition des motels, c'est-à-dire tel un édifice immense aux chambres similaires mais confortables, le **Waves Motor Inn** *(90 $-150 $; bp; 87 West Grand Avenue, ME 04064,* ☎ *934-4949,* ≈ *934-5983)* se compose de plus de 150 logements. Malgré l'allure monstrueusement massive du complexe, on y offre un bon rapport qualité-prix. Essayez d'obtenir une chambre avec vue sur la mer, histoire d'en apprécier la beauté.

PROUTS NECK

Le **Black Point Inn** *(260 $-300 $; bp, tv, ℜ; 510 Black Point Road, ME 04074, ☎ 883-4126, ⊷ 883-9976)* est partie intégrante du paysage de Prouts Neck depuis 1878. Cet hôtel de grand luxe propose toutes les installations classiques de ce type d'établissement. Les voyageurs apprécieront particulièrement la vue panoramique sur l'Atlantique et le confort exceptionnel des 80 chambres et des six suites. L'hôtel organise également nombre d'activités (golf, plage, deux piscines, deux bassins à remous et plus encore). Il s'agit probablement de l'un des plus beaux hôtels du Maine, et les personnes à la recherche de confort et de petites attentions seront ravies.

 PORTLAND

Comme ce guide Ulysse porte en majeure partie sur la région des plages du Maine, la section sur la ville de Portland est plutôt succincte. Nous avons tout de même cru bon d'y insérer quelques adresses susceptibles de satisfaire les voyageurs. Notez cependant que la ville de Portland et ses environs regorgent de lieux d'hébergement, et ce, pour tous les budgets.

L'**Hotel Everett** *(35 $-49 $; 51A Oak Street, ☎ 773-7882)* et le **Portland Hall** *(20 $, dortoir; 645 Congress Street, ☎ 874-3281)* proposent tous deux un hébergement de qualité à très bas prix. D'ailleurs, le second fait partie de l'association américaine des Auberges de Jeunesse.

Récemment rénové afin de lui rendre sa gloire de 1927, l'**Eastland Plaza Hotel** *(80 $-135 $ pdj; bp, ℜ; 157 High Street, ME 04101, ☎ 775-5411 ou 800-777-6246)* offre un excellent rapport qualité-prix. L'hôtel compte 204 chambres spacieuses et agréablement décorées. Essayez d'en obtenir une avec vue sur le port.

On apprécie spécialement l'accueil de l'**Inn on Carleton Street** *(95 $-135 $ pdj; bp; 46 Carleton Street, ME 04102, ☎ 775-1910)*. Bien situé, ce gîte touristique confortable et décoré d'antiquités victoriennes saura satisfaire les critiques les plus ingrats.

Un autre gîte touristique, le **Pomegranate Inn** *(125 $-165 $ pdj; bp, tv; 49 Neal Street,* ☎ *772-1006 ou 800-356-0408)*, héberge les visiteurs dans une de ses huit chambres. Les propriétaires ont su décorer leur établissement avec goût. Chacune des chambres porte une marque particulière, que ce soit les meubles antiques, la tapisserie ou encore les draperies : tout est superbe. Une très bonne adresse mais un peu chère.

RESTAURANTS

La côte du Maine a à offrir, en plus de ses beautés naturelles, une vaste gamme de restaurants qui sauront satisfaire les plus fins gourmets. Ainsi, on retrouve, selon les villages, de tout pour tout le monde. Évidemment, les fruits de mer sont à l'honneur dans cette symphonie culinaire en bordure de mer. Du homard aux palourdes, en passant par le saumon et les crevettes, n'hésitez pas à vous laisser tenter. Mais ce n'est pas tout. On peut aussi découvrir, à la sortie d'une route de campagne, un bon petit restaurant italien, ou encore, au cœur d'Ogunquit, un admirable restaurant français. Enfin, vous serez surpris par les plaisirs gustatifs que vous réserve le Maine.

Malheureusement, certains endroits proposent un paysage culinaire assez restreint, où se côtoient une série d'établissements destinés à la restauration rapide. Hamburgers, pizzas et frites feront l'affaire en après-midi. Prenez garde, cependant, aux prix exorbitants de ces commerçants surtout intéressés à vos précieux dollars. Conséquemment, nous n'avons pas cru bon de proposer un choix de restaurants ne sachant cuisiner autre chose que des frites congelées. Ils pullulent près des plages, et il serait difficile de les manquer.

Les établissements sont répertoriés selon leur emplacement géographique. Chaque inscription est suivie d'une description de la cuisine offerte et de l'ambiance des lieux, ainsi que d'une cote relative aux quatre catégories de prix utilisées dans ce guide. Au dîner, les plats principaux coûtent généralement 8 \$US ou moins dans les restaurants «petit budget» (**\$**); l'ambiance y est informelle et le service expéditif. Les établissements de catégorie moyenne (**\$\$**) proposent des repas variant entre 8 \$US et 16 \$US; l'atmosphère y est désinvolte mais agréable, le menu plus varié, et le service habituellement moins rapide. Dans les restaurants de catégorie moyenne-élevée (**\$\$\$**), le plat principal s'élève à plus de 16 \$US; la cuisine peut aussi bien y être simple qu'élaborée, mais le décor y est toujours plus somptueux et le service plus personnalisé. Les établissements de catégorie supérieure (**\$\$\$\$**) ne servent quant à eux aucun plat principal à moins de 24 \$US, et les gourmets s'y retrouvent volontiers; la cuisine y est (il faut l'espérer) un art raffiné, et le service devrait s'avérer irréprochable.

Certains restaurants ferment leurs portes pour l'hiver.

En ce qui concerne le petit déjeuner et le déjeuner, les prix varient moins d'un restaurant à l'autre. Même les établissements de catégorie moyenne-élevée proposent généralement des repas légers le matin et le midi à un prix d'à peine quelques dollars plus élevé que celui de leurs concurrents attentifs au budget de leurs clients. Ces repas plus modestes peuvent d'ailleurs très bien vous fournir l'occasion de faire l'essai des restaurants plus chic.

Les tarifs mentionnés dans ce guide s'appliquent, sauf indication contraire, à un repas pour une personne, excluant le service et les boissons.

\$	moins de 8 \$US
\$\$	de 8 \$ à 16 \$US
\$\$\$	de 16 \$ à 24 \$US
\$\$\$\$	plus de 24 \$US

 KITTERY

Si vous cherchez un endroit branché ou si vous vous réveillez difficilement par un lendemain trop hâtif, le **Friendly Toast** *(\$-\$\$; 19 Bridge Street, ☎ 439-2882)* est tout désigné. On y fait une cuisine éclectique qui passe des crêpes somptueuses aux frites maison. Mais ne vous inquiétez surtout pas : tout y est bon et servi avec le sourire. Remarquez aussi la décoration kitsch composée de diverses «babioles» issues directement de notre passé collectif de consommateurs à la mode. Cet établissement vaut le détour.

Pour des fruits de mer à l'américaine, c'est-à-dire frits et servis avec frites et salade de chou, le **Bob's Clam Hut** *($-$$; route 1, ☎ 439-4233)* est un incontournable. On mange à des tables à pique-nique, le tout dans la plus grande simplicité et avec rapidité.

En dégustant un bon homard bouilli, on se laisse enchanter par l'ambiance feutrée et détendue du **Cap'n Simeon's Galley** *($-$$; Pepperell Cove, Kittery Point, ☎ 439-3655)*. De la salle à manger surplombant le quai de Kittery Point, on peut observer les pêcheurs qui rentrent au village après une longue journée en mer. Une très bonne adresse.

Réputé dans la région pour la qualité de ses fruits de mer, la **Warrens Lobster House** *($$; route 1, ☎ 439-1630)* n'a plus besoin de présentation. Laissez-vous tenter par le homard Oscar : de la chair de homard sautée au beurre, arrosée de sauce béarnaise et servie avec des asperges. Un pur délice!

À quelques minutes à pied des grands centres commerciaux de Kittery, le **Weathervane** *($$; route 1, ☎ 439-0330)* propose un menu essentiellement composé de fruits de mer et de grillades. La décoration manque profondément de charme, caractéristique classique des chaînes de restaurants de ce type. Cependant, la bouffe est bonne et saura vous rassasier après de longues heures de magasinage passionné.

 LES YORKS

Pour un dîner dans le calme sans qu'il ne vous en coûte vos vacances, il faut essayer le **Dockside Restaurant** *($-$$; fermé lun; route 103, York Harbor, ☎ 363-2722)*. Son menu agrémenté de spécialités locales et de prises du jour offre un excellent rapport qualité-prix. En retrait du village, on en apprécie l'ambiance paisible et détendue.

Le restaurant **Fazio's** *($-$$; 38 Woodbridge Road, ☎ 363-7019)* apprête une variété de mets italiens dans une décor très conventionnel. Le rapport qualité-prix est excellent et le service exemplaire. Une très bonne adresse pour la famille.

The Bluff *($-$$; Beach Street, ☎ 363-1333)* est un petit restaurant aux allures de pub londonien. On y savoure une cuisine simple, mais combien efficace, dans une ambiance décontractée et chaleureuse. Le menu se compose de fruits de mer et de grillades, en plus d'une bonne sélection de soupes et de salades, histoire d'alléger votre assiette après les dures heures passées sous le soleil.

Un décor simple, une vue imprenable sur la mer, un menu de fruits de mer admirable : voilà la **Fox Lobster House** *($$; Nubble Point Road, York Beach, ☎ 363-2643)*. On apprécie le service courtois et rapide, et le homard apprêté de mille et une façons.

En entrant chez **Mimmo's** *($$; route 1A, York Beach, ☎ 363-3807)*, on entend les accents de l'Italie américaine retentir nonchalamment. On croirait pénétrer les univers du cinéma de Scorsese ou de Coppola, où tout le monde se connaît, s'aime et s'engueule. De retour à la réalité, on trouve un menu composé de pâtes, de fruits de mer et de spécialités italiennes telles que le poulet Rollatini garni au proscuitto et servi dans une sauce au vin et aux champignons. Enfin, un menu hors pair et une ambiance familiale agréable confèrent à cet établissement le qualificatif de *molto bene*.

Dans une décoration classique de grange, la **Lobster Barn** *($$; route 1, York, ☎ 363-4721)* présente un menu de fruits de mer qui plaira à toute la famille. Le service décontracté et rapide attire les foules depuis déjà quelques décennies.

Situé entre la mer et The Anchorage Inn (voir p 93), le **Sun-n-Surf** *($$-$$$; Long Beach Avenue, ☎ 363-2961)* propose un menu alliant fruits de mer et grillades. L'été venu, une magnifique terrasse donnant sur la mer vous attend pour un de ces longs dîners d'été.

La table du **York Harbor Inn** *($$$; route 1A, ☎ 363-5119)* fait tout aussi bonne figure que l'hôtel (voir p 92). Dans un environnement chaleureux et classique, éclairé par un foyer, on vous propose un menu de spécialités de la région.

Le **Cape Neddick Inn** *($$$; 1233 Route 1, ☎ 363-2899)* propose une cuisine française raffinée et délicieuse. À la mention de son nom, on se prend à rêver au filet de saumon aux fines herbes ou peut-être à la surlonge de bœuf au poivre. Enfin, on vous sert le tout avec courtoisie dans un décor élégant et feutré.

 OGUNQUIT ET WELLS

Le petit **Einstein's Deli** *($; 2 Shore Road, Ogunquit, ☎ 646-5262)* plaira aux voyageurs à la recherche d'un menu savoureux et économique. Simple et sans prétention, ce restaurant s'avère bien charmant.

Curieusement, **Barnacle Billy's** *($-$$; Perkin's Cove, ☎ 646-5575)* est une véritable institution dans la région. Les voyageurs s'y bousculent pour déguster un homard dans un casseau de papier, assis à une table à pique-nique. Le moins qu'on puisse dire, c'est qu'il s'agit d'un restaurant sans prétention, mais où les prix sont au rendez-vous, lesquels s'avèrent peu élevés.

Bien situé sur la pointe de Perkin's Cove, le **Hurricane** *($-$$; Perkin's Cove, ☎ 646-6348)* offre un bon rapport qualité-prix. Le service expéditif représente le seul mauvais point de ce petit restaurant sympathique. Une bonne adresse pour le déjeuner : les salades de fruits de mer sont tout à fait succulentes.

Le restaurant **Valerie's** *($$; route 1, ☎ 646-2476)* fait bonne figure dans la région depuis plus de 50 ans. La décoration surfaite n'a rien à voir avec la qualité de la table. On apprécie les spécialités grecques de la maison.

Avec son décor de salon anglais, l'**Old Village Inn** *($$; 30 Main Street, Ogunquit, ☎ 646-7088)* se donne des airs distingués, sans toutefois trop gonfler ses prix. On apprécie le service amical, mais on s'y rend surtout pour son menu créatif, avec une spécialité de pâtes apprêtées à toutes les sauces (ou presque).

Le **98 Provence** *($$-$$$; 98 Provence Street, Ogunquit, ☎ 646-9898)* figure parmi les meilleurs restaurants de la région. Les propriétaires d'origine montréalaise se spécialisent dans la fine cuisine française, où se côtoient feuilletés d'escargots, panachés d'endives, escalopes de saumon et pavés de chevreuil aux griottes. Que peut-on demander de plus? Un peu d'amour peut-être.

Plusieurs critiques culinaires l'ont consacré «meilleur restaurant du Maine», et le restaurant **Arrow's** *($$$; Berwick Road,* ☎ *361-1100)* continue d'en surprendre plus d'un. Chacun des plats est préparé à partir de spécialités régionales, à la différence près que les deux chefs ont un penchant pour l'expérimentation (pour notre plus grand plaisir). Le homard comme vous ne l'avez jamais goûté, une expérience en soi.

 LES KENNEBUNKS

Pour une bonne adresse où déguster le petit déjeuner en famille, **The Green Heron** *($; Ocean Avenue, Kennebunkport,* ☎ *967-3315)* fait bonne figure. Dans une ambiance sans prétention, on vous prépare les classiques : œufs, bacon, crêpes, etc.

Situé sur le Dock Square (voir p 61), le restaurant **Alysson's** *($; 5 Dock Square,* ☎ *967-4841)* propose un menu familial simple et des plats bien apprêtés. Le service détendu et attentionné est apprécié d'une clientèle d'habitués qui reviennent pour déguster le fameux *lobster roll* (guedille de homard). Ce dernier serait, selon une rumeur locale, le meilleur en ville.

On ne le trouve pas facilement, mais l'**ImPASTAble Dream** *($-$$; 17 Main Street, Kennebunk,* ☎ *985-6039)* vaut bien quelques recherches. Vous pourrez vous y offrir des spécialités italiennes qui se laissent déguster doucement, tout en sachant que l'addition sera tout aussi agréable à recevoir. Décidément, il s'agit de l'une des belles surprises de la région.

L'**Arundel Wharf Restaurant** *($$; 43 Ocean Avenue, Kennebunkport,* ☎ *967-3444)* propose un vaste choix de fruits de mer à prix abordable. De plus, l'emplacement du restaurant, en bordure du quai, vous permet de savourer un bon repas tout en admirant les bateaux qui rentrent au port, éclairés par les rayons blafards du soleil couchant.

Situé au cœur de Kennebunk, le **Kennebunk Inn** *($$-$$$; 45 Main Street, Kennebunk, ☎ 985-3351)* s'est vu récompenser à maintes reprises pour la qualité de sa table. Dans ce décor sobre et chaleureux se bousculent une multitude de plats aussi bons les uns que les autres. Qu'il s'agisse du poulet à la grecque ou des fettucine aux fruits de mer, vous serez ravi.

Perché sur le quai de Cape Porpoise, le **Seascape** *($$$; Pier Road, Cape Porpoise, ☎ 967-8500)* s'est forgé une réputation d'excellence grâce à la qualité de ses plats et à la vue dont on peut y profiter tout en mangeant. Cet établissement a aussi mérité le «Wine Spectator's Award» en 1994 pour son impressionnante cave à vins. Laissez-vous tenter par le homard, l'un des meilleurs de la région.

Fallait s'y attendre, la table du **White Barn Inn** *($$$; Beach Street, Kennebunkport, ☎ 967-2321)* a remporté les prix les plus prestigieux. Le menu se compose de plats plus raffinés les uns que les autres, le tout dans une atmosphère des plus huppées, et l'on s'y sent toujours un peu nerveux à l'idée de prendre la mauvaise fourchette.

 OLD ORCHARD BEACH

À Old Orchard, plus encore que dans les autres villages qui ponctuent la côte du Maine, vous trouverez une abondance de comptoirs de restauration rapide. Entre deux boutiques de souvenirs, les classiques restaurants de hamburgers, de pizzas et de hot-dogs pullulent le long de la plage et sur le Pier (voir p 66).

Une bonne adresse pour son rapport qualité-prix, le **Danton's Family Restaurant** *($; Old Orchard Street, ☎ 934-7701)* prépare des plats «comme à la maison», et ce depuis 1946. Les desserts sont fabuleux.

Pour des fruits de mer pas trop chers, le **Bayley's Lobster Pound** *($-$$; East Grand Avenue, Scarborough, ☎ 883-4571)* s'impose. Crabes, homards, huîtres et crevettes sont à l'honneur dans ce restaurant simple et accueillant.

À Saco, la **Cornforth House** *($-$$; 893 Route 1, Saco, ☎ 284-2006)* occupe une grande maison rouge. Les différentes petites salles à manger confèrent un sentiment intimiste à cet établissement. On y propose une cuisine délicieuse à base de spécialités de fruits de mer de la maison. Décidément, une très bonne adresse.

Pour sa part, le **Village Inn** *($-$$; 213 Saco Avenue, Old Orchard Beach, ☎ 934-7370)* affiche un menu varié alliant fruits de mer et grillades. Le «combo» de fruits de mer est d'ailleurs délicieux mais surtout immense.

Acclamé depuis déjà un certain temps, le **Joseph By The Sea** *($$-$$$; 57 West Grand Avenue, Old Orchard Beach, ☎ 934-5044)* continue d'assurer la survie des papilles gustatives des résidants et estivants de la région. Cet établissement se distingue par son décor romantique, mais surtout par son menu créatif. En été, on peut manger sur la terrasse.

PROUTS NECK

Fort de sa longue tradition d'excellence en tant qu'auberge (voir p 100), le **Black Point Inn** *($$-$$$; 510 Black Point Road, ☎ 883-4126)* s'impose également en tant que restaurant. La cuisine raffinée dans un environnement de grand luxe réussit à plaire à tout coup.

PORTLAND

Les amateurs de bière seront comblés au **Gritty's Pub** *($-$$; 396 Fore Street, ☎ 772-2739)*. Ce petit établissement est idéal pour une bouchée rapide arrosée d'une bonne bière maison. L'ambiance décontractée et le service amical font également bonne figure.

Un classique dans la région, l'**Old Port Tavern** *($-$$; 11 Moulton Street, ☎ 774-0444)* accueille une clientèle hétéroclite et enjouée. En plus, la cuisine est hors pair et le service sans anicroche.

On peut y déplorer un service un peu nonchalant, mais le **Walter's Café** *($-$$; 15 Exchange Street, ☎ 871-9258)* se rachète admirablement bien grâce à la qualité de sa cuisine. On apprécie encore plus son repas lorsqu'il est bercé par des airs de jazz. Quoi de mieux qu'un express en fin de repas, en contrepoint avec *So What* de Miles Davis? Une réponse, quelqu'un?

Les affamés seront rassasiés au **T.G.I. Friday's** *($-$$; 311 Fore Street)*. Ce bar pour sportifs avertis, décoré d'écrans géants et d'affiches de tous les héros du sport professionnel, propose un menu de grillades. Les portions sont immenses, la bière coule à flots, et le service commence toujours par un *«hey guys!»* fort à propos.

Le menu du **Wharf Street Café** *($-$$; 38 Wharf Street, ☎ 773-6667)* se divise en deux parties : *Petite* et *Grande*. Toutes deux se confondent cependant de par la qualité des repas servis... petits ou grands. On vous sert le tout dans un environnement classique et chaleureux. Une bonne adresse.

Le **Katahdin** *($-$$; 106 Hugh Street, ☎ 774-1740)* a réussi à s'établir grâce à l'accueil familial et sans prétention qu'il réserve à ses clients. Le menu, essentiellement composé de poissons et grillades (la truite est délicieuse), plaira aux voyageurs à la recherche d'un établissement offrant un bon rapport qualité-prix.

Le **Street and Co.** *($$; 33 Wharf Street, ☎ 775-0887)* varie son menu selon les arrivages de poissons. Ainsi, on vous assure un repas de qualité à prix abordable. L'environnement sympathique et raffiné contribue à la qualité du repas.

De facture italienne, le **Perfetto** *($$; 28 Exchange Street, ☎ 828-0001)* propose un menu de pâtes dans la plus pure tradition italo-américaine. Le service est appliqué, et l'ambiance classique charme à tout coup.

Maine oblige, le **Khalidi's** *($$; 36 Market Street, ☎ 871-1881)* se spécialise dans les poissons et fruits de mer. Ainsi, le menu change au gré des prises de la journée afin de vous assurer un produit frais et succulent. On se laisse facilement tenter par un plat de crevettes sautées, servies sur des fettucine aux épinards. Un pur délice.

SORTIES

Il ne faudrait surtout pas croire que le Maine se limite au soleil; la lune aussi s'amuse follement. Chacune de ses petites villes renferme un pub où se retrouve une clientèle d'habitués et de voyageurs autour d'une bonne bière pression, d'un scotch, d'un Bailey's, d'un *rum and Coke*, d'un... C'est donc dire qu'il faut sortir. On se doit d'explorer les secrets nocturnes de ces endroits cachés... et qui sait ce qu'il peut advenir.

 KITTERY

Par son atmosphère de *lounge* ultra-kitsch, le **Friendly Toast** *(19 Bridge Street, ☎ 439-2882)* constitue un bon endroit où savourer une Guinness bien chaude. Le service est amical et la clientèle relativement jeune et éclectique à souhait.

 YORK

Pour une soirée au cinéma, le **York Beach Cinema** *(6 Beach Street, ☎ 363-2074)* présente les plus récentes productions hollywoodiennes.

Adjacent au **Union Bluff Hotel** *(Beach Street, ☎ 363-1333)*, se trouve un petit bar sympathique où se rencontrent une clientèle d'habitués et quelques clients de l'hôtel. Rien d'extraordinaire, mais tout de même une ambiance plaisante, et l'on peut y discuter sans s'arracher les cordes vocales.

OGUNQUIT

Ouvert depuis 1932, l'**Ogunquit Playhouse Theater** *(tlj sauf dim, fin juin à la fête du Travail; ☎ 646-5511)* continue à présenter, chaque été, plusieurs pièces de théâtre et comédies musicales. Cet établissement constitue également l'un des premiers théâtres d'été aux États-Unis.

Le petit **Albert's Café** *(2 Shore Road, Ogunquit, ☎ 646-5262)* n'a vraiment rien d'extraordinaire. Mais c'est ici que tout le monde se retrouve en fin de journée. Conséquemment, l'ambiance est chaleureuse. On peut aussi y prendre une bouchée.

Deux vieux cinémas récemment rénovés assurent la présentation des plus récentes «explosions» californiennes : le **Leavitt Fin Arts Theater** *(route 1, ☎ 646-3123)* et l'**Ogunquit Square Theater** *(Shore Road, ☎ 646-5151)*.

KENNEBUNKPORT

Le **Federal Jack's Brew Pub** *(8 Western Avenue, ☎ 967-4322)* accueille une foule de fêtards de toute la région. Cet établissement produit également sa propre bière; d'ailleurs, la rousse vaut le détour. On y retrouve quelques tables de billard, et l'on y présente souvent des concerts.

OLD ORCHARD

Le **Pier** possède, sans aucun doute, la plus grande concentration de fêtards du sud du Maine. Le soir venu, le tout Old Orchard s'y rend pour prendre un verre et danser entre amis. Au bout du quai, se dresse un bar *country*. On y trouve également une série de casse-croûte qui sauront satisfaire les appétits nocturnes.

 PORTLAND

Musique

Les mélomanes sauront se retrouver au City Hall Auditorium pour se laisser envelopper des plus belles symphonies classiques. En effet, le **Portland Symphony Orchestra** *(oct à avr mar à 19 h 45 au City Hall Auditorium, 339 Congress Street; en été, il se promène de ville en ville;* ☎ *773-8191)* présente des concerts de musique classique toute l'année durant.

Deux autres organisations produisent des concerts de musique classique à travers la ville et l'État. D'abord, le **Lark Society for Chamber Music/Portland String Quartet** *(*☎ *761-1522)* se spécialise dans la musique de chambre. En second lieu, la **Portland Concert Association** *(*☎ *772-8630)* avoue son faible pour le jazz et la musique classique.

Théâtre

Deux troupes se partagent la scène du **Portland Performing Arts Center** *(25A Forest Street)* : la **Portland Stage Company** *(*☎ *774-0465)* et la **Ram Island Dance Company** *(*☎ *773-2562)*. La première troupe présente diverses pièces de théâtre de septembre à avril, alors que la seconde propose des spectacles de danse toutes les fins de semaine à longueur d'année.

Bars

Un classique dans la région, le **Gritty McDuff's Brew Pub** *(396 Fore Street,* ☎ *772-2739)* brasse sa propre bière. Une très bonne bitter et une stout excellente figurent au menu de ce pub à l'anglaise. On y retrouve une clientèle d'habitués qui viennent ici pour fêter entre amis.

Pour un rock plus alternatif, avec des accents de jazz et de reggae, le **Zoots** *(31 Forest Avenue,* ☎ *773-8187)* est l'endroit tout indiqué. On y compte deux bars et une piste de danse. La jeune clientèle y vient pour s'éclater. Droits d'entrée les fins de semaine et pour les spectacles.

Si vous aimez les pubs sans prétention où tout le monde se connaît, le **Three Dollar Dewey's** *(241 Commercial Street,* ☎*772-8187)* vous comblera. Dans une ambiance chaleureuse et sans prétention, on déguste une bonne bière parmi une vaste sélection d'importations. La clientèle se compose d'inconditionnels qui semblent y passer leurs grandes journées.

MAGASINAGE

Le sud du Maine est sans contredit un paradis pour tous les consommateurs fébriles. On y vient en autobus pour profiter des magasins d'usines *(factory outlets)* de Freeport et de Kittery, où l'on trouve de tout : antiquités, sous-vêtements à la mode, haute couture, galeries d'art, librairies, artisanat, fleuristes, etc. Dans certains cas, il est possible de profiter de réductions importantes sur les grandes marques, mais on s'imagine souvent à tort que tout est par le fait même moins cher. Les magasins d'usines sont des boutiques tenant plus ou moins une seule marque de produit. On trouve de gros rabais sur les articles défectueux (générale-ment, il s'agit de défauts négligeables, à peine apparents) et des remises plus raisonnables sur la marchandise régulière.

Selon les commerçants, ces réductions s'expliquent surtout par les coûts de location de locaux drôlement moins chers que sur la cinquième avenue de New York. Conséquemment, ils descendent leur prix. L'attrape : certains magasins ont un magasin d'usines et une boutique. Vous voyez donc les articles réduits, et vous achetez les autres au plein prix. Aussi, certains détaillants, comme Calvin Klein, n'ont pas de *factory outlet*, mais un *company store*, où certains articles sont moins chers. La consigne : soyez vigilant. Enfin, essayez d'anticiper les périodes de pointe, car, à Noël, c'est tout simplement inte-nable, tellement la foule est dense.

MAGASINS D'USINES

Kittery

Plus haut, on parlait de paradis du consommateur fébrile, et voici pourquoi : près de 115 boutiques réparties sur à peine 2 km, parmi lesquelles figurent Guess, Timberland Shoes, Converse, Bose, Liz Claiborne, Levi's, Anne Klein, Calvin Klein et bien d'autres. Kittery, en raison de sa moins grande popularité (le L.L. Bean est à Freeport), est en général moins fréquentée, de sorte que les prix ont réellement tendance à diminuer. De plus, les détaillants de cette petite ville clament à qui veut l'entendre que, chez eux, tous les magasins sont de véritables *factory outlets*.

On retrouve tous ces centre commerciaux sur la route 1, entre la route 236, à l'ouest, et la route Haley, à l'est.

Freeport

C'est ici que tout a commencé, avec la venue du détaillant en vêtements de plein air **L.L. Bean**. En 1912, Leon Leonwood Bean inventa une paire de bottes particulièrement bien conçues pour la chasse et la pêche. Au début, il vendait ses bottes de cuir à semelle de caoutchouc par la poste. Avec le temps, il s'aperçut que nombre de chasseurs passaient dans sa ville la nuit, et il décida d'ouvrir ses portes jour et nuit, 365 jours par année. Avec les années et une presse favorable, son magasin familial prit l'ampleur qu'on lui connaît. Aujourd'hui, L.L. Bean est une véritable institution, une église autour de laquelle se prosterne une pléiade de magasins d'usines et de boutiques spécialisées. L.L. Bean se spécialise évidemment dans les vêtements et l'équipement de plein air. Des gants aux canots, on y trouve de tout. Il faut vraiment prendre le temps de pénétrer dans ce temple de la consommation. On s'y perd, tellement c'est grand et rempli à craquer d'acheteurs frénétiques.

Avec le succès retentissant du détaillant de plein air, d'autres firmes sont venues s'installer à Freeport. On y dénombre près de 110 boutiques parées à satisfaire vos désirs de consommation les plus fous, à prix réduit en plus. Entres autres, les Gap, Calvin Klein, Polo Ralph Lauren, Crabtree & Evelyn, Levi's, Reebok/Rockport, etc. Avec une liste aussi impressionnante de grandes marques, il faut s'attendre à y voir du monde. L'été venu, il s'agit véritablement d'une folie contagieuse. On se croirait à un carnaval. Enfin, on trouve amplement de places de stationnement à l'arrière des boutiques. Un petit conseil, arrivez tôt dans la matinée, car, le jour, c'est trop difficile à supporter.

Pour vous rendre à Freeport, empruntez l'autoroute I-95 en direction est. Prenez la sortie 19 Sud, puis continuez sur la rue Main jusqu'au royaume des aubaines.

 ANTIQUITÉS

Le Maine s'est forgé, avec les années, une solide réputation auprès des collectionneurs d'antiquités. Conséquemment, on y retrouve un grand nombre de boutiques spécialisées dans tout ce qui est vieux. Souvent, on y déniche de vieux meubles restaurés, racontant l'histoire du Maine. Voici donc quelques adresses susceptibles d'apaiser votre soif de vieilleries. Prenez garde cependant aux fausses antiquités, à savoir des meubles neufs fabriqués selon l'ancienne méthode. La grosse différence n'est pas vraiment la qualité, mais le prix. Les véritables antiquités ont une valeur historique réelle.

York

York Antiques Gallery
Route 1
☎ 363-5002
Toute l'année, tous les jours 10 h à 17 h

Cranberry Hill
Route 1
☎ 363-5178
Toute l'année, 9 h à 17 h, fermé le mercredi

Ogunquit

R. Jorgensen
Route 1
☎ 646-9444
Toute l'année, 10 h à 17 h, fermé le mercredi

Kenneth & Ida Manko
Seabreeze Avenue
☎ 646-2565
Mai à oct (sur rendez-vous en hiver); tous les jours 9 h à 17 h

Wells

Wells Union Antiques Center
Route 1
☎ 646-6612
Tous les jours
Il s'agit d'un complexe regroupant une quinzaine de détaillants spécialisés dans les antiquités.

Douglas N. Harding
Route 1
☎ 646-8785
Toute l'année, 9 h à 17 h, juillet et août 9 h à 21 h.

MacDougall-Gionet
Route 1
☎ 646-3531
Toute l'année, 9 h à 17 h; fermé le lundi

Kennebunk

Antiques on Nine
Route 9
☎ 967-0626
Toute l'année, lundi au dimanche 9 h à 17 h.

LIBRAIRIES

En plus de quelques bonnes boutiques de livres rares, vous trouverez nombre de librairies susceptibles de vous alimenter en littérature, histoire de préserver votre santé intellectuelle de la surcharge solaire. Souvenez-vous également que les livres en français *«are very rare»*. À vos livres!

Wells

Douglas N. Harding
Route 1
☎ 967-0626
Spécialiste des livres rares

The Book Barn
Route 1
☎ 646-4926

East Coast Books
Route 1
☎ 646-3584

Austin's Antiquarian
Bookstore
Route 1
☎ 646-4883

Kennebunkport

The Kennebunk Book Port
10 Dock Square
☎ 967-3815 ou 800-382-2710
Sise dans une ancienne distillerie de rhum datant de 1775, cette charmante petite librairie possède une riche collection de livres, en plus d'une vaste sélection d'ouvrages sur le Maine et la mer.

Freeport

DeLorme's Map Store
Route 1
☎ 865-4126
Cet établissement est une véritable institution dans la publication de cartes routières. On y retrouve cartes, atlas et plusieurs guides de voyage sur les États-Unis.

Portland

Books Etc.
38 Exchange Street

Raffle's Cafe Bookstore
55 Congress Street
En plus de la librairie, on y sert des repas légers. Quoi de mieux qu'un express et un bon livre?

 SOUVENIRS

York

York Village Crafts
211 York Street
☎ 363-4830
Tous les jours 9 h à 17 h
Aménagée dans une église datant de 1834, cette boutique renferme des objets d'art, des antiquités et différents produits des artisans locaux. Une bonne adresse pour vos cadeaux-souvenirs.

Kennebunkport

The Good Earth
Dock Square
☎ 967-4635
Fermé du 25 décembre au 15 mai
On y propose une série de bonnes idées de cadeaux en grès. Une petite mine de trouvailles.

Portland

Abascus
44 Exchange Street
☎ 772-4880
Une boutique spécialisée dans l'artisanat américain qui présente
le travail de plus de 600 artisans.

The Maine Potter's Market
376 Fore Street
☎ 774-1633
Si vous cherchez divers objets de céramique, c'est l'endroit où
aller. On propose une vaste sélection de pièces aussi bien
traditionnelles que nouvelle vague.

LEXIQUE FRANÇAIS-ANGLAIS

PRÉSENTATIONS

Salut!	*Hi!*
Comment ça va?	*How are you?*
Ça va bien	*I'm fine*
Bonjour (la journée)	*Hello*
Bonsoir	*Good evening/night*
Bonjour, au revoir, à la pro-chaine	*Goodbye, See you later*
Oui	*Yes*
Non	*No*
Peut-être	*Maybe*
S'il vous plaît	*Please*
Merci	*Thank you*
De rien, bienvenue	*You're welcome*
Excusez-moi	*Excuse me*
Je suis touriste	*I am a tourist*
Je suis américain(e)	*I am American*
Je suis canadien(ne)	*I am Canadian*
Je suis britannique	*I am British*
Je suis allemand(e)	*I am German*
Je suis italien(ne)	*I am Italian*
Je suis belge	*I am Belgian*
Je suis français(e)	*I am French*
Je suis suisse	*I am Swiss*
Je suis désolé(e), je ne parle pas anglais	*I am sorry, I don't speak English*
Parlez-vous français?	*Do you speak French?*
Plus lentement, s'il vous plaît	*Slower, please*
Quel est votre nom?	*What is your name?*
Je m'appelle...	*My name is...*
époux(se)	*spouse*
frère, sœur	*brother, sister*
ami(e)	*friend*
garçon	*son, boy*
fille	*daughter, girl*
père	*father*
mère	*mother*
célibataire	*single*

marié(e)	*married*
divorcé(e)	*divorced*
veuf(ve)	*widower/widow*

DIRECTION

Est-ce qu'il y a un bureau de tourisme près d'ici?	*Is there a tourist office near here?*
Il n'y a pas de..., nous n'avons pas de...	*There is no..., we have no...*
Où est le/la ...?	*Where is...?*

tout droit	*straight ahead*
à droite	*to the right*
à gauche	*to the left*
à côté de	*beside*
près de	*near*
ici	*here*
là, là-bas	*there, over there*
à l'intérieur	*into, inside*
à l'extérieur	*outside*
loin de	*far from*
entre	*between*
devant	*in front of*
derrière	*behind*

POUR S'Y RETROUVER SANS MAL

aéroport	*airport*
à l'heure	*on time*
en retard	*late*
annulé	*cancelled*
avion	*plane*
voiture	*car*
train	*train*
bateau	*boat*
bicyclette, le vélo	*bicycle*
autobus	*bus*
la gare	*train station*
un arrêt d'autobus	*bus stop*
L'arrêt, s'il vous plaît	*The bus stop, please*

rue	*street*
avenue	*avenue*
route, chemin	*road*
autoroute	*highway*
rang	*rural route*
sentier	*path, trail*
coin	*corner*
quartier	*neighbourhood*
place	*square*
bureau de tourisme	*tourist office*
pont	*bridge*
immeuble	*building*
sécuritaire	*safe*
rapide	*fast*
bagages	*baggage*
horaire	*schedule*
aller simple	*one way ticket*
aller-retour	*return ticket*
arrivée	*arrival*
retour	*return*
départ	*departure*
nord	*north*
sud	*south*
est	*east*
ouest	*west*

LA VOITURE

à louer	*for rent*
un arrêt	*a stop*
autoroute	*highway*
attention	*danger, be careful*
défense de doubler	*no passing*
stationnement interdit	*no parking*
impasse	*no exit*
Arrêtez!	*Stop!*
stationnement	*parking*
piétons	*pedestrians*
essence	*gas*
ralentir	*slow down*
feu de circulation	*traffic light*
station-service	*service station*
limite de vitesse	*speed limit*

L'ARGENT

banque	*bank*
caisse populaire	*credit union*
change	*exchange*
argent	*money*
Je n'ai pas d'argent	*I don't have any money*
carte de crédit	*credit card*
chèques de voyage	*traveller's cheques*
L'addition, s'il vous plaît	*The bill please*
reçu	*receipt*

L'HÉBERGEMENT

auberge	*inn*
auberge de jeunesse	*youth hostel*
chambre d'hôte, logement chez l'habitant	*Bed & Breakfast*
eau chaude	*hot water*
climatisation	*air conditioning*
logement, hébergement	*accommodation*
ascenseur	*elevator*
toilettes, salle de bain	*bathroom*
lit	*bed*
déjeuner	*breakfast*
gérant, propriétaire	*manager, owner*
chambre	*bedroom*
piscine	*pool*
étage	*floor (first, second...)*
rez-de-chaussée	*main floor*
haute saison	*high season*
basse saison	*off season*
ventilateur	*fan*

LE MAGASIN

ouvert(e)	*open*
fermé(e)	*closed*
C'est combien?	*How much is this?*
Je voudrais...	*I would like...*
J'ai besoin de...	*I need...*
un magasin	*a store*
un magasin à rayons	*a department store*

le marché	*the market*
vendeur(se)	*salesperson*
le/la client(e)	*the customer*
acheter	*to buy*
vendre	*to sell*
t-shirt	*T-shirt*
jupe	*skirt*
chemise	*shirt*
jeans	*jeans*
pantalon	*pants*
blouson	*jacket*
blouse	*blouse*
souliers	*shoes*
sandales	*sandals*
chapeau	*hat*
lunettes	*eyeglasses*
sac	*handbag*
cadeaux	*gifts*
artisanat local	*local crafts*
crèmes solaires	*sunscreen*
cosmétiques et parfums	*cosmetics and perfumes*
appareil photo	*camera*
pellicule	*film*
disques, cassettes	*records, cassettes*
journaux	*newspapers*
revues, magazines	*magazines*
piles	*batteries*
montres	*watches*
bijouterie	*jewellery*
or	*gold*
argent	*silver*
pierres précieuses	*precious stones*
tissu	*fabric*
laine	*wool*
coton	*cotton*
cuir	*leather*

DIVERS

nouveau	*new*
vieux	*old*

cher, dispendieux	*expensive*
pas cher	*inexpensive*
joli	*pretty*
beau	*beautiful*
laid(e)	*ugly*
grand(e)	*big, tall*
petit(e)	*small, short*
court(e)	*short*
bas(se)	*low*
large	*wide*
étroit(e)	*narrow*
foncé	*dark*
clair	*light*
gros(se)	*fat*
mince	*slim, skinny*
peu	*a little*
beaucoup	*a lot*
quelque chose	*something*
rien	*nothing*
bon	*good*
mauvais	*bad*
plus	*more*
moins	*less*
ne pas toucher	*do not touch*
vite	*quickly*
lentement	*slowly*
grand	*big*
petit	*small*
chaud	*hot*
froid	*cold*
Je suis malade	*I am ill*
pharmacie	*pharmacy, drugstore*
J'ai faim	*I am hungry*
J'ai soif	*I am thirsty*
Qu'est-ce que c'est?	*What is this?*
Où?	*Where?*

LA TEMPÉRATURE

pluie	*rain*
nuages	*clouds*
soleil	*sun*
Il fait chaud	*It is hot out*
Il fait froid	*It is cold out*

LE TEMPS

Quand?	*When?*
Quelle heure est-il?	*What time is it?*
minute	*minute*
heure	*hour*
jour	*day*
semaine	*week*
mois	*month*
année	*year*
hier	*yesterday*
aujourd'hui	*today*
demain	*tomorrow*
le matin	*morning*
l'après-midi	*afternoon*
le soir	*evening*
la nuit	*night*
maintenant	*now*
jamais	*never*
dimanche	*Sunday*
lundi	*Monday*
mardi	*Tuesday*
mercredi	*Wednesday*
jeudi	*Thursday*
vendredi	*Friday*
samedi	*Saturday*
janvier	*January*
février	*February*
mars	*March*
avril	*April*
mai	*May*
juin	*June*
juillet	*July*
août	*August*
septembre	*September*
octobre	*October*
novembre	*November*
décembre	*December*

LES COMMUNICATIONS

bureau de poste	*post office*
par avion	*air mail*
timbres	*stamps*
enveloppe	*envelope*
bottin téléphonique	*telephone book*
appel outre-mer, interurbain	*long distance call*
appel à frais virés (PCV)	*collect call*
télécopieur, fax	*fax*
télégramme	*telegram*
tarif	*rate*
composer l'indicatif régional	*dial the area code*
attendre la tonalité	*wait for the tone*

LES ACTIVITÉS

baignade	*swimming*
plage	*beach*
plongée sous-marine	*scuba diving*
plongée-tuba	*snorkelling*
pêche	*fishing*
navigation de plaisance	*sailing, pleasure-boating*
planche à voile	*windsurfing*
faire du vélo	*bicycling*
vélo tout-terrain (VTT)	*mountain bike*
équitation	*horseback riding*
randonnée pédestre	*hiking*
se promener	*to walk around*
musée	*museum, gallery*
centre culturel	*cultural centre*
cinéma	*cinema*

TOURISME

fleuve, rivière	*river*
chutes	*waterfalls*
belvédère	*lookout point*
colline	*hill*
jardin	*garden*
réserve faunique	*wildlife reserve*
péninsule, presqu'île	*peninsula*
côte sud/nord	*south/north shore*
hôtel de ville	*town or city hall*

palais de justice	*court house*
église	*church*
maison	*house*
manoir	*manor*
pont	*bridge*
bassin	*basin*
barrage	*dam*
atelier	*workshop*
lieu historique	*historic site*
gare	*train station*
écuries	*stables*
couvent	*convent*
porte	*door, archway, gate*
douane	*customs house*
écluses	*locks*
marché	*market*
canal	*canal*
chenal	*channel*
voie maritime	*seaway*
cimetière	*cemetery*
moulin	*mill*
moulin à vent	*windmill*
école secondaire	*high school*
phare	*lighthouse*
grange	*barn*
chute(s)	*waterfall(s)*
batture	*sandbank*
faubourg	*neighbourhood, region*

LES NOMBRES

1	*one*
2	*two*
3	*three*
4	*four*
5	*five*
6	*six*
7	*seven*
8	*eight*
9	*nine*
10	*ten*
11	*eleven*
12	*twelve*
13	*thirteen*

14	*fourteen*
15	*fifteen*
16	*sixteen*
17	*seveteen*
18	*eighteen*
19	*nineteen*
20	*twenty*
21	*twenty-one*
22	*twenty-two*
23	*twenty-three*
24	*twenty-four*
25	*twenty-five*
26	*twenty-six*
27	*twenty-seven*
28	*twenty-eight*
29	*twenty-nine*
30	*thirty*
31	*thirty-one*
32	*thiry-two*
40	*fourty*
50	*fifty*
60	*sixty*
70	*seventy*
80	*eighty*
90	*ninety*
100	*one hundred*
200	*two hundred*
500	*five hundred*
1 000	*one thousand*
10 000	*ten thousand*
1 000 000	*one million*

INDEX

Notes de voyage

_____
_____
_____
_____
_____
_____
_____
_____
_____
_____
_____
_____
_____
_____
_____
_____
_____
_____
_____
_____
_____
_____
_____
_____

Notes de voyage

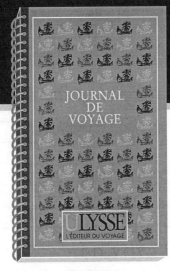

Notes de voyage